Ach Mama
Ach Tochter

Gisela Steineckert

Ach Mama
Ach Tochter

neues leben

Inhaltsverzeichnis

Meiner Mutter Elisabeth
meinen Töchtern, allen
und Laura Marie

Fürs Leben eine Frau

Ich schreibe dir dies am kalten Vormittag eines Sonntags im fiebrigen Jahr neunzig, ehe ich aus dem Haus renne. Ich werde dir diesen Brief geben, an einem Herbsttag, im Winter, aber das wäre schon spätestens.

Der Mann wird dann abgehauen sein. Damit stürzt dir noch einmal die Welt zusammen. Du wirst vor dem Spiegel stehen und erkennen, daß deinem Gesicht eine Schwerarbeit anzusehen ist, die du Liebe nanntest. Nicht nur du, wir alle tun das.

Du bist unnötig gealtert, eine Frau, die nie Zeit für sich hatte, weiße Haare durchziehen die dunklen, und noch immer siehst du aus wie eine Beiwagenfahrerin, ganz auf den anderen angewiesen, ein bißchen lächerlich. Immer noch bemüht um eine Miene, die du gefälligst zu machen hattest.

Du wirst weinen, verzweifeln, mit dem Tod spielen, das tapfere Schneiderlein vorführen und des Mannes schweißige Klamotten streicheln. Er hat sie und alles vorerst zurückgelassen. Dies drängt dir den Gedanken an immerhin selbstloses Verhalten auf. Aber er wird kommen und sich alles holen, wovon er glaubt, es stünde ihm zu. Du wirst dann begreifen, daß ihr in den letzten Jahren nur für aufwendige Anschaffungen zu seinem Nutzen gearbeitet habt. Und auch das wird dir weh tun. Er wird nicht so mutig sein, daß er klaren Tisch macht, eure finanziellen Probleme klärt und dir über die Schwelle in ein leeres Zimmer hilft. Er wird ein Chaos brauchen, um zu verschwinden. Also wird er ein Chaos schaffen. Die Tür muß knallen, äußerste Erregung den Boden bereiten für deine

Zweifel, so daß du unter Tränen deine Schuldaktien vorzeigst.

Das Abhauen stand ihm schon im Gesicht, als du das erste Mal mit ihm einkehrtest. Deine Füße berührten kaum den Boden, so klebtest du an seinen Schritten. Aber du warst auch eine Summe deiner schönsten Momente. Manchmal huschelst du beim Gehen, als müßtest du dir mit den Armen im Wasser nötigsten Platz schaffen, während die Füße immer rennen. Aber als du mit ihm kamst, sah ich, daß du noch immer aufrecht gehen und schön sein kannst. Mir fiel auf, daß du keinen Büstenhalter trugst. Da wußte ich, daß er eine Theorie dafür hat. Wer eine hat, hat auch viele. Wer einer Frau über Nacht den gewohnten Büstenhalter ausredet, wird ihr auch einreden, daß er sich damit ein bleibendes Verdienst an ihr schafft. Ich begriff, daß er dich für sich demontieren wollte. Wem hätte ich das sagen, klagen sollen, was hätte es genützt, hätte ich mir die Haare gerauft oder mir die Oberkleider samt Büstenhalter aufgerissen.

Ihr habt aus einem Glas getrunken und euch am selben Streichholz die Zigaretten angezündet. Fast hätte es des Feuerleins nicht bedurft, so glühtet ihr beide. Das ist schön, und vielleicht, so dachte ich, sind meine Augen überheblich geworden und mein Signalsystem, das auf kleine Zeichen abfährt, läßt sich von Vorurteilen leiten.

Aber nur so konnte es nicht sein. Wie er deine Sätze um die Ecke leitete oder umbog, das sollte uns zeigen, nun hat einer die Sorge für sie übernommen. Übergebt sie mir, ich habe ab jetzt die Verantwortung. Für wen denn? Woran gebrach es? Versagten ihr die Beine? Hatte der Arzt ihr ein Los verkündet, das nur wir nicht kannten, er aber wohl? War sie plötzlich Legasthenikerin geworden, hatte er sie aus den Armen einer Geliebten gerissen und in den Kreis der »Normalen« zurückgeführt?

Du solltest vor ihm stehen, wie du halt bist. Ohne Geheimnisse, ohne Schminke, ohne Vergangenheit, ohne Büstenhalter, Du hattest insgesamt ein bißchen dümmlich zu wirken.

Wer beim andern so viel abräumt, hat selber viel hinzuräumen. Du wurdest die Seine, sein Eigentum. Dein Leben vorher sollte wie ein Konto gelöscht werden. Natürlich war es ein überzogenes, ständig unordentlich geführtes. Ach wie schade, es hatte dir soviel Spaß gemacht. Dein höchster kulinarischer Genuß wurden seine gerühmten Kohlrouladen, die er meines Wissens viermal mit dem Aufwand erschuf, der für eine halbe Pyramide gereicht hätte.

In derselben Zeit hast du eintausenddreihundertvierundzwanzig Mittagessen auf den Tisch gestellt, von den Atzungen für Gäste zu schweigen. Aber du brauchtest nicht die ganz große Liebe, um täglich an Lebensmitteln zu schleppen, dich beim Schälen und Schneiden und Brutzeln und Braten zu verschleißen. Und nach dem langen Kochen und dem kurzen Essen das ganze Geschirr allein abzuwaschen.

Es ist deine Sache gewesen. Aber es wurde schwer, deine Abgeschabtheit und sein Ausgeruhtsein hinzunehmen. Der Anblick deiner Fingernägel und deiner aufgeplatzten Hände hat mir wehgetan. ER hat dir beim Leben nicht geholfen, aber du hattest nun eine Theorie dafür, die hieß Liebe, auch mütterliche, immer, wie es gebraucht wurde. Ein gefährlicher Pfad, den man besser nicht einschlagen sollte. Wer einem großen starken Kerl Unreife zugesteht, der nimmt sie auch hin. Wenn es sich um einen Mann handelt, darf er sich zugleich für Lanzelot und den großen Zampano halten.

Er war omnipotent. Solche Männer sind nach meiner Erfahrung nicht nur darin Angeber. Wer behauptet, er brauche fünfmal jeden Tag seinen Sex, der will späterem Einwand vorbauen. Man glaubt ihm als Frau gern, und wenn er nur eine Woche durchhält, ist die Geliebte Zeugin gegen sich selber. Der unausgesprochene oder gebrüllte Vorwurf von seiner Seite lautet: Früher, als ich noch durch deine leider nicht bedeutenden Reize unaufgehalten war, brauchte ich fünfmal am Tag meinen Sex. In

Klammern: das hast du mir versaut. Aus biblischen Zeiten muß sich überliefert haben, daß Männer ihre Frauen ewig links oder rechts liegenlassen, aber ihre Begierden kaum unterdrücken können, sobald die Frauen durch Walten der Natur verhindert sind. Es scheint echt zu sein, daß sie dann gekränkt sind. Aber sie verzeihen uns.

Der Deine neigte dazu, dir auch solche Dinge zu verzeihen, die andere Leute völlig selbstverständlich für sich in Anspruch nehmen. Und du dientest: Er brauchte sein Frühstück ans Bett, denn morgens ist er nicht gut drauf. Ein Morgenmuffel. Oder ein allmorgendlich durch das Nikotin vom Vortag armer Vergifteter? Flugs hast du vergessen, daß du bis dahin auch als Lerche nicht zu gebrauchen warst. Zwei Eulen finden sich am Morgen nicht zurecht, also sei Lerche am Morgen und Eule bei Nacht, sei alles. Widerspruchslos hast du dich als Morgenriesin behauptet und den Blödsinn angefangen, ihm jeden Morgen das Tablett ans Bett zu schleppen.

Ich hätte dir sagen können, daß du es ihm spätestens an einem Migränetag innerlich übelnimmst, aber du hattest nur zwei Ohren, nur zwei Augen, nur einen Sinn, und der war auf ihn gerichtet. Und damit wir dir deine neuen Gewohnheiten nicht als alte Abhängigkeiten ankreiden konnten, erfuhren wir leuchtende Berichte über deine unbezähmbare Lust, morgens über die Kreuzung zu eilen und schwere Taschen zu schleppen, viel zu schwere für dich leichte kleine Person. Wo war die Alternative? Es gab keine.

Nach dem Essen, während du abgewaschen hast, braucht er seinen Kaffee und hat es gern gemütlich. Nun ja, mit dreißig ist man nicht mehr der Jüngste. Er denkt dann. Über eventuelle Arbeit denkt er nach, und er liebt es, wenn du neben ihm im Bett liegst, während er raucht und Sportsendungen guckt, gern Nüsse knackt, bis der Bildschirm nur noch flimmert. Ich kenne weibliche Langmut aus eigenem Vertun, wir bringen die falsche Toleranz in den Genen mit auf die Welt.

Schöne Absichten: Wir gehen einmal in der Woche schwimmen, ich helfe dem Kind bei Mathe und Physik, ich nehme meinem Spatzi das Denken ab. Das hat er nicht so gesagt, aber in dem Wort »mein Spatzi« steckten alle anderen Linien der Entwicklung. Du das kleine hilflose Spatzi, er der große starke Beschützer, auf Knopfdruck oder durch Laune unfähig, jemanden anzurufen, sich durchzusetzen, einer Lage gewachsen zu sein, sich anzustrengen. Mach du, du kannst das besser.

Du konntest es besser und hast dich trotzdem für jedes Streicheln hinten angestellt.

Deine Eltern schienen mir ungewohnt närrisch. Deiner Mutter mag ihr eigener schmächtiger Mann auf einmal als dürftig erschienen sein. So beneidete sie dich und gönnte dir alles und hätte am liebsten mit in dem Glückstopf gesessen, in den sie dich rigoros steckte.

Dabei habe ich selten einen Mann gesehen, dem die Unfähigkeit zu partnerschaftlichem Verhalten so deutlich anzusehen war. Er trug es wie auf dem Shirt, wie ein Sandwich-Man lief er mit dem Slogan »ganz alte Masche« durchs Leben. Er war mehr als jede Frau, viel mehr als eine, die ihn liebt. Er ist ein Mann, der andere ungern zu Wort kommen läßt. Vielleicht hat er Angst vor einem Argument, das ihn widerlegt in seinen Vorläufigkeiten, die er für gesicherte Wahrheiten hält. Fragst du ihn, wie das Wetter ist, erklärt er dir die Entstehung von Wettern in allen Erdteilen, als wärest du eine Papua, die bis eben glaubte, ihr Stammesvorsitzender mache den Wind und den Regen. Dabei weiß er nichts über Wind und Regen. Er weiß was über Völkerball, Würste grillen, Karten spielen und Gespräche nächtelang. Aus denen dann kein Handeln rausschaut.

Du als Büchernärrin hast ertragen, daß er nie ein Buch in die Hand genommen hat, ihr wart nie im Theater, nicht mal im Kino. Aber: Er wollte für Ordnung sorgen in deinem Leben, für eine Art Entsorgung. Alle schnorrenden unverschämten Mitesser und Übernachter, sippenweise

Anreisenden, ihren Urlaub auf deine Kosten Verbringenden würden dank seines Durchgreifens um den allzu einseitigen Freitisch kommen.

Er hat das gemacht. Er hat alle deine sogenannten oder wirklichen Freunde und Bekannten, alte Schulkumpels und alle beladenen Seelen vergrault. Nun kehren alle seine Freunde und Kollegen und Bekannten und Kumpels zu Tisch, solche, die kostenlos an seinem Auto basteln oder ihm sonst billig Gefälligkeiten erweisen. Die dürfen ins Gästezimmer.

Du hast das nicht nur hingenommen, all die vertanen Tage und verlorenen Nächte, sondern, außer in Momenten der Wut aus Überanstrengung, auch noch gerechtfertigt.

Er hat gesagt »Familie«, und mein Unbehagen war vollkommen, als ich erfuhr, daß er in Wahrheit eigentlich nur seine Eltern liebt. »Jeder andere muß sich das Vertrauen erst einmal verdienen, das sie sich an mir verdient haben.«

Er hat auf der Schulbank gesessen, hat Sport getrieben, studiert und nun steht er im Leben herum und schlägt die Tage tot. Weil die Verhältnisse sich geändert haben, die Chancen werden nicht mehr ins Haus getragen, da kann ja er nichts dafür. Er wartet auf ein Wunder. Wenn das nicht erscheint, wartet er auf nichts als auf deine Vorschläge. Die bringst du, sogar erstaunlich. Das macht ihn dir aber nicht geneigter. Nun gehen die Kräche darum, daß du dich wohl aufspielen willst. Er läßt sich nicht unterdrükken. Das heißt: Er kommt und geht, wann er will.

Vielleicht ist er gutmütig. Mit gelegentlichen Ausfällen dieser schönen Eigenschaft. Aber Brutalität steckt ja nicht nur in der Faust, es reicht, dem anderen dreimal täglich das Selbstbewußtsein zu verletzen. Es machte alle Leute, die dich mögen, unduldsam, wie verstiegen und abgelegen du ihn zu entschuldigen versuchtest. Geholfen haben wir dir nicht. Es war etwa dein achtzehntes Unglück, da wird der Eifer lahm. Wir haben ihn dir übelgenommen. Und euch zusammengepackt. Wenn wir den einen mißbilligten, nahmen wir auch den anderen nicht aus.

Dreimal seid ihr zu dritt schwimmen gegangen. Für deine Tochter war das eine neuerliche Erfahrung, daß es auf sie nicht ankam. Dabei hätte sie ihn gern als Vater geliebt. Aber als die Wohnung wieder bevölkert und verqualmt war, schrieb sie euch als Paar ab, widerstrebend, nicht ohne Rückfälle. Jeder hängt am Glauben, der einem so nötig ist.

Deine Tochter nahm dir deinen Heldenmut im Alltag übel. Du wolltest zeigen, daß du jung, stark, tüchtig und begehrenswert bist. Keiner belastet sich mit dir unzumutbar.

Aber du warst eine Frau von nun dreißig Jahren, zarter Gesundheit, aufgeschobenem Wollen und Können, die jeden Tag überfordert lebte. Als deiner Tochter bewußt wurde, daß es wieder einmal gegen dich lief, sagte sie: »Sie will es immer allen recht machen. Das ist unerträglich.« Wenns soweit ist, werden wir dich trösten. Du wirst verzweifelt sein, das füttert die abgekühlte Liebe der jetzt Befremdeten. Und dann kommst du eines Tages wieder und bist die Summe deiner schönsten Momente. Möglich, daß du dich geändert hast. Das wäre der Anfang des einzigen Wunders, das dir heraushelfen könnte.

Wir haben alles verloren

Was hast du verloren? Einen Menschen?

Das wissen wir noch nicht. Vielleicht haben wir auch Menschen verloren. Freunde, die sich auf einmal fix anders geben, tüchtig, schlau. Die uns nicht mehr so oft anrufen, und wenn, dann erzählen sie von wunderbaren Leuten, die von Vorteil sind, offenbar häufig anwesend und auch noch sehr, sehr nett.

Vielleicht verlieren wir eins der Kinder an ganz andere, an für uns schmerzend andere Ideen. Und weil wir nicht weise sind inmitten all unserer Überlegungen, von Sorgen zu schweigen, tun wir nicht das einzig Richtige.

Was das einzig Richtige ist, wenn unser Kind sich auf einmal in bedrohliche Nähen begibt, dort vielleicht nicht nur mitrennt, sondern auch mit dem Zeigefinger den Weg weist oder drohend auf einen Menschen deutet, der nicht mehr dazugehört – das wissen wir nicht. Es steht geschrieben, daß man Humor aufbringen soll, an die eigenen Erfahrungen denken, ausreden lassen, lieber den Mund halten, damit sie nicht aufhören, mit uns zu reden. Unser Geduldsfaden reißt. Was nützt es, zu denken, daß er ihnen vorher mit uns gerissen sein muß, sonst würden sie nicht nach den Sätzen suchen, die uns am meisten treffen.

Wir haben alles verloren.

Damals, vor Jahrzehnten hieß das: Die Wohnung, die Möbel, die Kostbarkeit der Sachen, die man nie mehr ersetzen kann. Meine Mutter kam mitten im Krieg aus Berlin mit einem Waschtopf aus Zink, stellte ihn bedeutungsvoll ab und sagte: das ist das einzige, was ich retten konnte. Alles andere haben wir verloren. Es stimmte nicht. Das unmenschliche Haus hatte den Krieg überlebt, ausgerechnet dieses. Wir hatten alles behalten, die ganze Armseligkeit. Später mußte noch das geringste von Wert für Brot hergegeben werden.

Um die wirklichen Verluste trauere ich. Von meinen Großeltern väterlicherseits gibt es kein Foto mehr. Ich klappere die Verwandten ab, die jahrzehntelang nicht mehr gesehenen, einer schickt mich zum anderen. Mir dämmert die Erkenntnis, die Fotografien sind um der alten vergoldeten Gipsrahmen wegen weggeworfen worden. Die Rahmen waren alt genug, für Spiegel in jungen Wohnungen zu taugen.

Damals, das war im Krieg, als die Bomben fielen und die Menschen sagten: Jeden Tag trocknes Brot, aber das nie wieder. Sie hatten alle Illusionen verloren. Und gewannen schnell neue. Was war das? Überlebenskunst, oder noch immer, daß es in unseren Köpfen nicht erwachsen werden wollte?

Eine schwierige Zeit, und wir sind auf sie nicht vorbereitet gewesen. Oder besser: Wir haben sie uns ganz anders vorgestellt. Wir haben nicht gedacht, daß wir um alles auf einmal bangen müssen, um die eigenen alten Eltern ebenso wie um unser eigenes Altsein. Menschen verlieren mit der Wohnung Unwiederbringliches. Die Erinnerungen, den Lohn für die Mühe, die Belohnung für sparsam leben, für Verzicht, für eine unendlich scheinende Kette von Belastungen, die man auf sich nimmt, wenn man jung genug ist, sich das vorher nicht genau vorstellen zu können.

»Angst essen Seele auf.« Das meiste läßt sich erklären. Ohne harte Schnitte ist die Ökologie nicht zu verbessern, ohne Subventionen sind Scheinarbeitsplätze nicht zu halten.

Es ist auch wahr, daß wir uns langweilten in unserem absehbaren Leben mit seinen kalkulierten Risiken und seinen engen Grenzen für Abenteuer, Einfälle, Eigenart.

Wir wollen nicht zurück, niemals. Aber nach vorn, was ist das? Und was bleibt von uns?

In vielen von uns noch lange die Schüchternheit, etwas frei heraus zu bejahen, ehe wir uns umgeguckt und ein überwiegendes Bejahen bemerkt haben.

Aber auch die Erinnerung an Nähe.

Wir haben nicht alles verloren. So, wie wir nicht alles gewonnen haben. Wir lebten in der Enge des Nestes und haben zusammengehalten, vor allem gegen oben und gegen die tagtägliche Abnutzung. Einer allein hätte es nicht gepackt.

Das sind Begründungen, die wollen den Zusammenhalt kleinlich machen. Aber er war groß, er war wichtig in unserem Leben: Es gab Nähe, es gab Wärme, es gab Hilfe. Wir wissen jetzt, daß wir etwas versucht haben, das so nicht gehen konnte. Es war zuviel Irrtum und Aberglauben, schon wieder Dienlichsein und Gläubigkeit in den Anfang gebracht. Am Ende kam heraus: Rechts gegen links. Aber links, das waren am Ende nicht mehr wir. Und wer links bleiben wollte, sah sich zu den Aufstörern und Aufrührern gestellt.

Seit in dieses Land die Sprache der Politik als erfrischende und die eigenen Gedanken erreichende Neuigkeit drang, war das Ende absehbar. Weil die Vorschläge zur Konterbande erklärt wurden. Es war Weltpolitik, da waren Mächte und Kräfte im Spiel, die unser Einbringen weit überstiegen, das alles ist wahr. Aber viele von uns sind zurückgezuckt davor, daß alles noch einmal neu bedacht und geordnet werden muß, daß die Mauer nicht ewig stehen wird und Waffen vernichtet werden können.

Wir haben zeitweise das Wort ICH verloren. Wir sagten WIR, auch wenn uns Denkwelten von einem Vorgang trennten. Wir haben wieder die Kartoffeln nicht rechtzeitig in die Erde gebracht, wir hätten Ceausescu nicht den Karl-Marx-Orden geben sollen, wir sollten den »Sputnik« nicht verbieten – nein, da stimmte es schon nicht mehr.

Zu dieser Zeit gewannen viele von uns das Wort ICH zurück.

Nicht wir haben so isoliert in Wandlitz gewohnt. Aber

wir haben nichts dagegen getan, außer an den Kreuzungen einander ins andere Auto zu blicken und den Kopf zu schütteln, wenn wir die Umwelt verpesten mußten, bis jemand auf freier Straße an seinen Schreibtisch sausen konnte.

Wir haben eine soziale Sicherheit verloren, die auch mit dem Verlust schöner Landschaften und einem Teil der Substanz dieses Landes bezahlt wurde. Nicht nur, gewiß nicht nur, aber auch.

Haben wir den Verlust flächendeckender Beachtung zu feiern? Das wissen wir so genau nicht, und sicher, wenn überhaupt, dann nicht jeder von uns. Es ist schon verwunderlich, wie viele Leute und Firmen und Kettenbriefverfasser unsere Adresse und Wohnungsnummer kennen. Unsere Daten scheinen derzeit auf dem Marktplatz herumzuliegen. Wir haben immer gewußt, daß Observierung möglich ist, daß auch unser Telefon gelegentlich dran war, oder daß wir etwas gesagt oder unternommen haben, das Aufmerksamkeit auf uns lenkte. Dokumentationen im Fernsehen machen den Atem schmerzhaft. Da war jemand an jemandem ganz nahe dran, und es schien ganz ausgeschlossen, daß etwas anderes als Freundschaftlichkeit die Beziehung bestimmte. Verrat war nicht die Regel. Obwohl es kühn ist, die Ausnahme mit einem so harmlos klingenden Wort, »Ausnahme« zu benennen, ein gewaltigeres mit einem biblisch anmutenden will her.

Nachträglich erstaunt es mich, wie wenig wir das beachtet haben, wenn wir nur irgend die Chance hatten, einander arglos zu sein.

Nun haben wir auch Sehnsüchte verloren.

Nach einem Salat im Dezember, dem Licht in der Provence oder der Landschaft, die wirklich aussieht wie im Heimatfilm. Viele von uns haben sie nun gesehen.

Ach, und die so lange erträumten, nun endlich möglichen Besuche bei unseren Verwandten in Heidelberg oder Neuklietz an der Klunze. Zwischen uns hat sich etwas verändert. Sie sind einen Vergleich losgeworden, der ihrem Ego schmeichelte. Ihre eigenen sozialen Schwierigkeiten wogen geringer, wenn sie an uns arme Luder dachten, die nicht einmal nach Mallorca konnten.

Das Pfund Kaffee wiegt nichts mehr. Dieser Eintrittspreis in unsere geschniegelte Wohnung, für ihren Besuch reichlich mit Koteletts und Kuchen ausgestattet, ist in eine schlimme Baisse geraten. Kaffee haben wir selber, und außerdem wissen wir nun, daß sie die Päckchen mit den abgelegten Sachen, wie neu, sehr begehrt, von den Steuern absetzen konnten.

Jetzt suchen wir selber nach Containern und wissen, wie schwierig Entsorgung ist.

Wir werden uns seltener sehen und können uns darüber nur zu geringem Bedauern aufschwingen.

Und wir haben auch viel anderes vor. In einige Bereiche unseres Lebens ist Normalität eingekehrt, die Freude darüber wird vorerst nicht kleiner. Wir haben nicht viel Geld, die meisten von uns jedenfalls nicht, aber wenn wir das Portemonnaie öffnen und etwas bezahlen, dann wechseln wir Geld gegen Ware. Eine Mark ist eine Mark und keine Kränkung, und wir können unsere Kleinkriminalität beim schwarzen Umtausch vergessen. Nicht vergessen, das wohl doch nicht. Es hat uns gedemütigt, für Inflationsgeld zu arbeiten. Die eigenen guten Waren mußten wir für eine fremde Währung erwerben. Soweit das Geld reicht, werden wir nun fahren, laufen, Erschauen und Erschauern, unsere Seele darf sich öffnen und verschließen nach dem, was wir uns selber schulden oder danken.

Wenn wir gesehen haben, wovon wir nicht glaubten, daß wir es in unserem Leben noch sehen dürfen, dann werden wir vielleicht sagen, daß es zu Hause schön ist.

Zuhause, das sind aber immer die Menschen. Die sind jetzt nicht bei sich. Und das ganze Land wird umgebrochen, aufgebrochen, umgeordnet, geordnet, verspielt, verschenkt, verkauft, verschönert, verändert auf jeden Fall. Im Land wie in der Familie bleibt kein Stein auf dem anderen.

Neulich las ich, daß es bei uns für Mädchen nur sechzehn Ausbildungsberufe gegeben habe. Das ist so eine Nachricht, von der man nicht weiß, ob sie sich der Redakteur aus den Fingern gesogen hat oder ob so nebenbei eine Wahrheit ausgesprochen wird, die man übersehen hat, und wenn es eine Wahrheit gewesen ist, dann hätten wir sie doch nicht hinnehmen dürfen.

Nun stehen wir Frauen als Arbeitskräfte, außer im Dienstleistungsbereich, über, und also werden unsere natürlichen Fähigkeiten als Bewahrerin von Kind und Herd und Feuer gefeiert. Es wird uns wieder eine natürliche Bestimmung eingeredet, die uns eben als mit beruflicher Arbeit überaus angenehm zu verbinden eingeschränkt wurde.

Der Zustand einer scheinbaren Gleichberechtigung war verhornt. Aber die Kehrseite ist auch nur eine zu einfache, nicht hinnehmbare Wahrheit.

So werden wir es denn nun erstmals, Mann und Frau, miteinander austragen müssen. In der Hoffnung, uns dabei nicht zu verlieren. Nicht die Achtung voreinander, nicht die Liebe. Unabhängig vom Geschlecht gibt es Gründe für Mitfühlen und Mittragen. Schmerzliche mögliche Hilfe. Aber nebeneinander muß es gehen, nicht mehr der Reihe nach. Dazu waren wir zu lange berechtigt, ein Konto zu führen, Wunschkinder zu haben und unseren Arbeitsplatz selber zu suchen.

Wir müssen für die meisten Dinge einen neuen Namen und einen neuen Ton finden. Wir haben als Abkürzung gelebt. Jetzt können wir sagen: Ich als Deutsche. Ich als Deutscher. Das können wir jetzt sagen, aber es geht uns nicht leicht über die Lippen. Und warum nicht: Ich als Europäerin? Als Kind der Erde? Als Friedrichshainer und Teil der dritten Welt?

Wir sind derzeit so etwas wie die zweite.

Und andere gehen bei uns an Land und es fehlte nur, daß sie wie dereinst Bundespräsident Lübke in Afrika sagen: Liebe Neger! Soviel Schnöseligkeit, soviel Herablassung, soviel Überheblichkeit. Es fällt schwer, die eigenen Versäumnisse und den eigenen Schuldanteil anders als in der eigenen Brust zu verarbeiten. Oder mit Freunden, mit Andersdenkenden oder Gleichgesinnten, aber nicht vor diesen Ohren, die im Zuhören nicht geübt scheinen.

Auch diese smarten Vertreter, diese cleveren Unternehmer, diese zu Hause längst aus dem Zenit getretenen, hier wieder in die Sonne blinzelnden Politiker werden eine Lehrzeit absolvieren müssen, ob sie das wollen oder nicht. Besser, sie wollen. Sie wissen zu wenig über uns und treffen deshalb zu oft die falschen Entscheidungen. Mir wird angst, wenn ich sie im Fernsehen erlebe, pfeiferauchend oder nur einfach in sich ruhend. Sie haben so viele Antworten. Und fast gar keine Fragen. Wie kann das sein? Inmitten eines solchen Desasters. Inmitten einer solchen historischen Situation, die alles in Frage stellt? Woher nehmen sie ihre dumpfen, furchteinflößenden Sprüche – und ihre freudigen, das Gegenteil behauptenden? Vielleicht sind wir bald genauso, sagen auch dauernd, daß alles o.k. ist und verbergen jede Niederlage und jede Untüchtigkeit, jede Krankheit und jede Trauer. Weil man immer optimistisch, dynamisch und leistungsorientiert sein muß, sonst wirft es uns vom Karussell. Wenn wir denn je wieder auf ein Pferdchen gelangen. Wir sind zu empfindlich und jetzt so hellhörig, wie wir hätten sein sollen, als wir knapp am Bürgerkrieg vorbeigeschrammt sind. Es ist doch aber nicht unehrenhaft, aus dem eigenen Leben und der eigenen Geschichte zu lernen. Niemand ist zu alt, eine Wahrheit anzunehmen, die weh tut, die man am liebsten widerlegen würde, aber es ist eine Wahrheit und es lebt sich nur weiter, wenn man die Kraft gewinnt, sie anzunehmen und ihre Lehre zu erkennen. Aufgeben ist jetzt so leicht wie weinen. Warum geben die meisten von uns dennoch nicht auf? Wohl, weil wir zu Ende leben müssen, worüber unsere Enkel amüsiert, wütend, angeekelt, mitleidig die Achseln zucken mögen.

Wir geben nicht auf, weil unsere erwachsenen Kinder so

ratlos sind. Sie wittern unsere Ratlosigkeit, und es macht sie aggressiv, wie wir gewesen sind und wie wir ihnen jetzt vorkommen. Es kommt kein Wunder, kommt kein guter Hirt. Wir selber müssen versuchen, zu verstehen und einzustehen und uns verständlich zu machen.

Nicht, daß wir unterlegen waren, so lange, ist unsere Schande. Als einen Teil meiner Schande empfinde ich, daß ich das Signal der Straflosigkeit von Gorbatschow wohl vernommen habe, aber dennoch nicht auf die Barrikade ging. Weil uns Meinungen trennten, weil es nicht genau meine Barrikade war, nicht mein Zeitpunkt, noch nicht das Ende meiner Hoffnung, wir können dies Land behalten und es selber in Ordnung bringen.

Die Wohnung DDR haben wir verloren. Manchem scheint es, wir haben damit alles verloren.

Aber wir packen ein. So wenig es scheint, die Koffer werden überquellen. Auch von den Zeugnissen unserer Niederlagen. Der hat es nicht einmal zu einem Telefon gebracht. Der hat sich im engen Trabant geschämt und sich dennoch kein anderes Auto leisten können.

Die beiden haben eine Tochter, die ist achtzehn und mißtraut jedem Lehrer mehr als einem Zuhälter, den sie nicht erkennen würde. Ihre Wachsamkeit ist geschult, aber auf Dinge, die es nicht mehr gibt. Unsere gespielte Unschuld haben wir nun auch verloren. Auf einmal steht in der Zeitung, wo die Prostituierten flanieren und daß die Drogen schon hier sind, schon länger. Keine Angst ist da zu groß. Kundigkeit hilft nicht bis zu Ende, aber sie ist besser, als die Illusion, der Kelch mit dem bösen Inhalt wird an uns vorübergehen.

Das wird er nicht.

Wir haben eine Art von Heimat verloren und sind in der neuen unvertraut. Wir sind zu sentimental. Zu unselbständig. Zu aufgeregt. Die neuen Landsleute lachen darüber, wie wir versuchen, ihr Steuersystem zu verstehen und wie wir uns wundern über soviel Bürokratie und soviel wegzuwerfendes Glanzpapier.

Wir werden schnell umlernen. Neue Genüsse wecken die Sinne, wir wollen arbeiten und etwas davon haben. Es war aber unser Leben. Und wir wollten hierbleiben. Es ist nicht wahr, daß uns nur der Schneid für den Aufbruch fehlte. Wir hatten unsere Kinder, unser Gebrauchtwerden, wir haben hier gelebt, und wir waren auch glücklich.

Es wäre gut, das nicht zu leugnen. Obwohl es jetzt Mut braucht, es auszusprechen.

Worüber wir uns früher gefreut haben, mag uns in der Erinnerung nichtig erscheinen.

Aber wir haben gelernt, aus jedem Fetzen etwas zu machen. Da werden wir wohl auch in Würde etwas aus einem Stück tragen, ohne es gleich das Gewand des Erlösers zu nennen.

Ach, wer begabt ist, glücklich zu sein, der wird es auch wieder. Wie uns das Leben geraten war, mußten wir wohl alles verlieren, um einen Anfang zu finden, in dem ein wirkliches, erwachsenes Ich zu gewinnen ist.

P. S.

Nein, wir haben keins der Kinder an schmerzend andere Ideen verloren. Dazu waren die neuen Erfahrungen zu lehrreich. Nun sind fast anderthalb Jahrzehnte vergangen, seit wir wie auf einem anderen Stern gelandet sind. Manche Befürchtung hat sich weggelebt, andere konnten vorher nicht gedacht werden, nicht von uns und nicht von jenen, die einen Sieg feiern, der in diesem Ausmaß ihre kühnen Träume übertraf.

Ohne die Niederlage einer Idee, die zum schwer lebbare Dogma gefroren war, würde unser Leben anders aussehen, fast in biblischem Ausmaß. Wenn wir Bilanz ziehen, bleiben wir immer im Versuch stecken.

Was also ist anders, was eingetroffen, was sogar überboten?

Meine Tochter würde nicht mehr leben. Das ist gewiß. Die Hilfe, die uns da zuteil geworden ist, war nur in europäischer Zusammenarbeit möglich. Ein Geschenk, nahe am Wunder.

Fast verbietet sich ein Aber, nur: Die Tochter der Tochter, glänzend ausgebildet, brauchte vermutlich kein Trainy für die Bewerbung. Mit ihrem Diplom und der schönen Zensur als Abschluß müßte sie sich nicht so verbiegen und anbieten, und noch ist nicht absehbar, welche Art von Job der Lohn für zwanzig Jahre Streben sein könnte. Einstellungsstop heißt eine der Grausamkeiten, die schwer zu ertragen sind. Da nützt weder Begabung noch der heiße Wunsch, etwas aus dem zu machen, was sich als Aufgabe aus all dem überflüssigen Vermittelten herausgehoben hat.

Rückgabe vor Entschädigung, das hat uns nicht betroffen. Später Dank für unsere frühe Einsicht, daß unsere Art zu leben sich eher mit der Platte als dem Idyll im abgelegenen Grünen verträgt. Aber rings um uns haben sich Dramen abgespielt, die in die Lebensgefühle reichten, denn da entstand nicht endlich Gerechtigkeit, sondern im wesentlichen neues Unrecht. Es war gelebt und gearbeitet worden, und die moralischen Hemmungen der Rückforderer, die doch schon einmal entschädigt worden waren, erwiesen sich als nicht eben aufhaltend. Aus Bruchbuden waren vielerorts in Jahrzehnten Wohngebäude geworden, jene Orte, an denen gezeugt, gearbeitet und gelebt worden war. »Gefällt uns sowieso nicht« reichte aus, um den neuen Vertriebenen auch noch die Kosten für den Abriß aufzuladen oder hohe Summen für nochmaligen Kauf.

Das bleibt bitter, darüber wird kein Gras wachsen.

Was da an neuen dramatischen Situationen entstand, ließ nur zwei Möglichkeiten zu: Sich raushalten, zurückziehen ins Lyrische, in die Resignation und die ständige Wertung ohne wirkliche tiefere Kenntnis, oder Eingreifen, sich dem aussetzen, was manchmal schwer zu ertragen ist und manchmal hilft, auch der eigenen Seele, die in all dem bereichert wie abgeschabt wird in unbekanntem Maße. Arglos sind wir einander nicht mehr. Bei Anruf erwarten wir neue Schwierigkeiten, Zusammenbrüche, vergebliche Bemühungen. Soviel Absage war nie. Aber wir haben nicht gewußt, wie wir arbeiten werden, wenn wir arbeiten dürfen, nicht müssen. Unsere frühere Mittelmäßigkeit können wir uns nicht mehr leisten. Das neue Leben verlangte, daß wir die Spielregeln eines anderen gesellschaftlichen Systems begreifen, aber auch benutzen lernen. Zu Schaden, zu Gewinn, das wissen wir vorher nie. Nur eins: Wenns nicht gelingt, was vielen nützen soll, dann muß es eben wieder versucht werden. Gekränktsein und Bestehen auf Stolz und Würde gilt für das eigene Leben, nicht gegen Bürokratie, Schlamperei und Kränkenwollen.

Wer im Schwarzwald lebt, gar zu den Besserverdienenden gehört, der hat »von alledem« nur gemerkt, daß es ihn Geld kostet. Jedenfalls glaubt er das fest. Es ist zu anstrengend, jemandem, der das nicht wissen will, etwas anderes zu erklären.

Glück ist, daß den Töchtern und den Töchterlichen die Welt offensteht. Nicht mehr gezwungen, bis zur Rente zu Hause zu bleiben, bekommen sie manchmal Heimweh, und die Fremde erweist sich als lehrreich, aber nur als Station.

Unglück ist, daß dieser reiche, unbeholfene, kalt kalkulierende Staat eine Generation übrig hat, mit Prämien belohnt, wenn die Jungen zu Hause aufgeben, wo die Arbeit liegenbleibt, für die sie nur woanders bezahlt werden. Darin liegt Zynismus. Vorerst scheint gegen die bis zum Anschlag geöffnete Schere kein Instrument gegeben.

Der Salat im Dezember, der Zugang zu jeder Zeitung und jedem Buch ist selbstverständlich geworden. Aber wir gehen nicht so damit um, wie wir gedacht haben. Da gingen wir von alten Preisen aus. Wir leihen uns untereinander die Bücher und bestellen ein Abonnement auch mal wieder ab, entweder, weil die sich zu sehr ändern oder sich bei uns etwas geändert hat.

Das wohl am ehesten. Nichts ist sicher, jedes Vorausträumen ist nichts als das. Mit den neuen Forderungen nach Flexibilität, Mobilität, Innovation verbindet sich nach meiner Erfahrung auch Gefahr. Wenn du jederzeit bereit bist, woanders dein Zelt aufzuschlagen, kannst du keine Wurzeln schlagen, niemanden festhalten, du gehörst nirgends wirklich hin.

So leben die Familien ringsum. Sie denken sich die langen Abwesenheiten nicht schön, sie haben nur keine Alternative. Wer nur am Wochenende zu Hause ist, löst sich aus gewissen Verantwortungen, bei aller Angst eben davor.

Niemals habe ich so viele Menschen sagen hören, sie möchten um nichts jünger sein. Ihr Leben rechnet sich nach dem Abstand zur ersehnten Rente, einer bisher sicher scheinenden Lage, aber die ist es nun auch nicht mehr. Wir ernähren unsere Kinder, bis sie bald dreißig sind. Sie dagegen können nie sicher sein, ob sich ihr Einkommen nicht schmälert durch das, was sie später für unsere Gebrechlichkeit bezahlen müssen.

Wir hatten keine Zeit, uns auf ein Alter solcher Preisklasse vorzubereiten. Und unsere Töchter konnten es auch nicht. Dennoch ärgern mich die keinesfalls erschöpften Rentnerinnen, die früher länger gearbeitet hätten und heute eine möglich Courage unterlassen: Für die Töchter und Enkelinnen einzutreten, die sich, einsehbar, nicht jedes Risiko leisten können. Aber wir Älteren, Mütter und Großmütter, haben doch nichts zu verlieren, wir können Einspruch erheben, auf der Straße stehen, wir können den Töchtern helfen, manchmal nur mit einer Stunde Zeit für deren Kinder, manchmal auch mit einem gemeinsamen Abend, von dem wir lustiger davongehen, als wir eingetroffen sind, oder mit Forderungen in ihrem und unserem Namen.

Ich erlebe das. Zu den Wundern meines neuen Lebens gehört, daß gebraucht wird, wer sich brauchbar macht. Wie die jungen Weiber lachen, über sich, über die Kerle, über die Unbill des Alltags, die sie in meinen Texten wiedererkennen. Wenn sie mit der Freundin kommen, oder die Mama mit der Tochter, die junge Frau mit ihrem Freund oder Mann, dann rücken sie entweder im Lauf von anderthalb Stunden näher aneinander oder zehn Zentimeter auseinander.

Und der Schreck über die teuren Briefmarken scheint abgeklungen, zusätzlich hilft das Fax, die E-mail. Mitfühlen ist manchmal schwer angesichts der mitgeteilten Lage, Mitdenken wird nötig, wo sich kein Ausweg für den Moment bietet, Mitfreuen ist Gnade, aber zu all den großen Gefühlen gibt es keine Alternative.

Nach der scheinbar endgültigen Veränderung hat sich das Leben schon wieder verändert. Oder wir uns, das ist auch unübersehbar. Viele Menschen sind wieder zu sich gekommen, zu viel Angst und übertriebene Hoffnung sind abgeflaut.

Da wächst zaghaft das Gras der Annäherung. Es wird wieder von Werten gesprochen, die aus der Welt schienen. Neben die Stutenbissigkeit haben die Frauen das Wort Fairneß gesetzt. Die Verhältnisse sind nicht so, daß sie das an jedem Tag für möglich ansehen, aber es tut ihnen gut, das im schlimmen Fall erhoffen zu dürfen.

Und die Liebe!, die gibt es noch. Sie scheint ebenso schmerzhaft, aber immer noch mit der alten Sehnsucht nach Verlängerung in die Unendlichkeit verbunden.

Neu ist und beneidenswert für viele Frauen meiner Generation, wie die jungen Weiber mit ihrem Leben umgehen, wie sie einen schlechten Liebhaber auch als solchen bezeichnen. Die Offenheit, die in vielen Briefen ohne jede Peinlichkeit geübt wird, war für uns noch undenkbar. Wir hatten ja nicht einmal ein Wort für das, was heute eben umfassend Sex genannt wird.

Ja, zuviel. Freiheit wird auch mißbraucht, das schadet. Aber was ist das gegen die Verklemmtheit der Mütter und Großmütter, oder waren es doch eher die Urgroßmütter, waren unsere Töchter nicht schon freier, unbekümmerter, fordernder? Ich glaube nicht, daß für zwei Einzelne die Probleme, die vor den belehrenden Erfahrungen liegen, geringer geworden sind. Das Allgemeine nützt nur bedingt im eigenen Fall.

Und doch scheint mir, die Töchter der Töchter haben die Chance, schöner zu sein als wir. Sie nutzen das nicht immer, und Schlampe ist ja auch ein Look. Was ich ihnen wünsche: Das Herz möge ihnen nicht zu klein geraten auf dem Weg zu begehrten Etappenzielen, andere gibt es ja nicht.

Unser Vokabular ist anders geworden, unser Tonfall auch. Über unsere Sprache ist eine Fremde gekommen, die tut ihr in solchem Ausmaß nicht gut. Die Zeit der Häufung von Genitiven wird belacht, das macht Hoffnung auf eine künftige Zeit der Preisgabe an die Lächerlichkeit.

Mein ganzes Leben stand unter dem Motto: Gürtel enger schnallen. Es kommen schwierige Zeiten. Es hat auch immer gestimmt. Es waren damit aber immer nur steigende Kosten gemeint. Nie wurde und in keiner der vier Gesellschaftsordnungen, die ich erlebt habe, die Folge von politischen Fehlern oder gar Untaten zugegeben.

Jetzt haben wir wieder berechtigte Angst vor Krieg, während die Kriege bereits stattfinden. Wir können zusehen, wie sie entstehen. Es drängt, in manchen Arm zu fallen, aber die Politiker müssen sich immer weniger bemühen, ihre eigentlichen Ziele zu verschleiern.

Das Volk will Spaß, es singt, tanzt, lacht. Zum Glück nicht nur. Unter der dicken Schicht von Oberflächlichkeit und Blödigkeit wächst auch eine Art von Besinnen. Und Unmut, denn was uns widerfahren ist, erreicht nun auch andere Teile jenes großen deutschen Volkes, das immer zu Großartigkeit und Erbärmlichkeit gleichermaßen fähig war.

Die Kunst spielt im Moment keine besondere Rolle. Vielleicht auch, weil sie sich zu schwerfällig aus ihren traditionellen Formen, auch Nischen, herausbewegt.

Das wird zu bedenken sein.

Verzichten müssen wir dabei auf die Hilfe derjenigen, die einst trutzig die großen Veränderungen einforderten, kaum aber von den Mauerbrocken geklettert zur Krippe eilten und wohlversorgt keinen Pieps und Einwand mehr wußten, solange, bis nach Jahren das zum Wir angestiftete Volk aufmüpfig falsch zu wählen anfing. Da man nicht alles auf die Alten schieben kann, aber alles im Alten seine Ursache haben muß, melden sie sich kompetent neu zu Wort. Immer noch im Haß und immer als einzige im Besitz der alleinzigen Wahrheit.

Ich aber möchte nicht aus dem Leben gehen, ohne etwas zu hinterlassen, was die Töchter und deren Töchter noch brauchen können.

(2002)

Meine Großmutter Maari

Es ist zu lange her. Ich kann mich nicht erinnern.

Stell dir einen Engel vor. Ein Engel war nie etwas anderes. Er hat kein Vorleben, kein Umfeld. Kennst du einen Engel mit Verwandtschaft? Ich weiß schon, du kennst gar keinen Engel.

Sie war ein Engel. Sie war so, wie Engel geschildert werden. So war sie zu Kindern.

Ein verlogener Engel. Ein Engel, den ich manchmal stürzen sah, mit Schaum vor dem Mund und in gräßlicher Obszönität.

Trauer um sie. Ich weiß nicht einmal ihren Mädchennamen. Es scheint, wir haben über sie immer nur als Oma gesprochen. Oma war ihr Name geworden, nur entferntere Verwandte nannten sie bei ihrem Vornamen, aber sie stahlen ihm die Musik, sie nannten sie Maari. Wenn sie unterschrieb, schummelte sie sich zu Maria hoch. Sie behauptete, sie hieße eigentlich Maria. Das stimmte nicht, und es ärgerte die Familie, galt als Angabe. Und war doch nur Teil ihres unerfüllbaren Traumes. Sie wär so gern eine reiche vornehme Dame gewesen. Eine Frau Direktor, Frau von einem, der eine Fabrik hat. Das war für sie das höchste erreichbare Lebensziel, daherkommen und eine feine Frau sein. Sie muß diesem Traum angehangen haben, denn sie konnte in vielerlei Weise nicht durch ihr Leben blikken, aber sie prophezeite allen geliebten weiblichen Wesen ein späteres solches Dasein. »Du kommst mal ganz groß.« Nie stellte sie sich darunter vor, eine könne es durch eigenes Tun dorthin bringen, immer war eine geheimnisvolle männliche Erscheinung die Ursache für solch gehobenes

Frauendasein. Kamen wir, selten, auf ihre eigene Jugend zu sprechen, blieb die Auskunft immer an dem Tag hängen, an dem ihr neues Leben begann. Als ob das alte, ein noch so junges altes Leben, versunken wäre wie eine Glocke. Tönte sie nicht manchmal herauf?

Wie wenig ich von ihr weiß.

Sie wurde in Eger geboren. In welcher Familie, das weiß ich nicht. Es gab keine Geschwister von ihr und keine Rede von ihrer Herkunft, ob sie daheim im Zorn fortgegangen ist oder ein Einzelkind war. Es wäre aber möglich, daß in dieser Heerschar von Verwandten auch die ihren dazugehörten, ohne mir besonders kenntlich zu sein.

Wie hat sie gesprochen? Ich schließe die Augen, und das Losungswort für ihre Stimme und ihr Wesen schwimmt zu mir her, leicht, mühelos, Duscherl. Von Duscha, Seele. Duscherl hat sie mich genannt. Ihre Vokale neigten zu anderen, das Wort Name hörte sich eher an wie Nome. Sie betonte auch die Konsonanten anders, rollte das R, sprach in einfachen, kurzen Sätzen.

Was ist diesem Mädchen widerfahren, dessen liebes und schönes Gesicht ich auf dem braungetönten goldgerahmten Foto bewundert habe? Aber der Opa sah da auch eher wie der verführerische Graf Wronski aus. »Daß ich an dem Daach ausn Haus gehn mußte«, warf sie sich in Hörweite ihres Mannes wie bei Strieses auf der ersten Probe vor. Sie meinte dann einen Tag im Jahre neunzehnhundertsechs. Das Dienstmädchen in Eger hatte Ausgang und traf Franz als schneidigen Uniformierten. Wie zart und sanft sind diese beiden, in langen Ehekrieg Verstrickten, auf den Fotos. Alle Herrlichkeit lag vor ihnen? Wie stellten sie sich Herrlichkeit vor?

Er kam aus dem Sudetischen, aus einem kleinen Ort namens Voitsdorf. Ich bin dort gewesen, als Kind. Auf dem Fußweg vom Bahnhof zu dem Zwergenhäusel bekam ich Wasserblasen an den Beinen, jedes Mal, und die Dauer meines Aufenthaltes war auch die Dauer des unerträglichen Juckreizes. Daß ich offenkundig allergisch war, machte kein Aufhebens. Es war eben so. Und andere Ferien hätte es nicht gegeben als bei Opas Schwester und ihrem Mann. Sie hatte einen so großen Kropf, daß es ihr die Augen herausdrückte. »Das Schwein sieht aus wie du«, habe ich zum Onkel gesagt, weil sie ähnliche Augenbrauen hatten. Eine Ziege besaßen sie, Heu vom steilen Hügel hinter dem Haus, Forellen aus dem durchsichtigen Bach, das eine Schwein und paar Hühner.

Die Ferien dort waren eigentlich langweilig. Nicht für die Jungs, die bliesen arme Frösche auf, was ihnen niemand abgewöhnte. Aber was sollten kleine Mädchen in Voitsdorf tun? Ich ging meiner Lieblingsbeschäftigung nach, fragte Leute aus. Aber nur wenige antworteten. So war Arbeit immer noch das Vergnüglichste. Wenn nicht auf dem Mückenberg Kirmes war. Für dieses auch ziemlich fade Vergnügen besaß ich einmal zwanzig Heller, das war eine fünftel Krone. Mein Onkel Kutti, der damals vierzehn war, hatte mir diesen Reichtum für türkischen Honig gegeben. Aber ich kaufte mir eine rote, ebenso wertwie nutzlose Bakelit-Kinder-Armbanduhr. Schon auf dem Heimweg ging das Armband kaputt. Ich erschrak und fürchtete mich. Also verbarg ich das nun zweiteilige Ding auf dem Heuboden, wo wir Kinder schliefen.

Onkel Kutti betätigte sich als der Angstmacher meiner Kindheit. Ich fürchtete mich panisch vor Hunden. Waren wir, was allerdings selten geschah, einmal allein zu Hause, griff er sich auf der Straße einen kläffenden Terrier und jagte mich mit dem bis in den Winkel hinter dem Sofa. So bin ich vor Angst gestorben und liege wohl heute noch dort herum. Jedenfalls die, die ich vordem gewesen bin, kroch nicht mehr hervor. Er ließ den Hund von oben in mein Schlupfloch bellen. Dagegen waren später die Fliegeralarme ein Spaß.

Onkel Kutti spielte Kirche mit meiner Schwester und mir, das hieß, wir mußten schweigend stundenlang knien.

Er band mich im Dunkeln mit einer alten Krawatte an

die Wasserleitung und tat dann so, als ob von draußen fürchterliche Gestalten hereinkommen.

Onkel Kutti war der jüngste Sohn meines Engels und hatte zu dieser Zeit, vermutlich wegen nicht ausgelebter Triebe, eine Macke. Er wurde aber von allen geliebt, weil er so musikalisch war und so hübsch, und in Voitsdorf war er von großer Wirkung. Die Menschen dort waren kaum größer als wir Vorschulkinder. Anderthalb Meter maßen die Männer, kaum einer einen Zentimeter drüber. Und die Frauen paßten dazu. Die Vertreibung aus ihrem dörflichen Inseldasein war ein Segen für diese Menschen, die durch Inzucht alle auf dem Weg zur Idiotie waren. Aber was ging mich das an, als mir das Herz gegen die Rippen schlug, der Heugeruch mich hundertmal niesen ließ und ich Angst hatte, jemand könne entdecken, ich hätte die furchtbare Untat begangen, das blöde Armband nicht daran zu hindern, sein Scheindasein aufzugeben. Natürlich log ich, als Kutti mich fragte, was ich mir gekauft habe. Und er bemerkte die Angst. Er drängte, bis er es aus mir heraus hatte. Dann ging es nur noch darum, daß ich log. Für ihn mag es ein interessanter Abend gewesen sein, für mich war es die Hölle.

Er durfte sich bei solcher Quälerei nicht erwischen lassen. Wenn Marie, wenn der Engel ihn erwischte, ging es ihm schlecht. So sanft sie war, und so sehr sie die Kinder liebte, sie ertrug nicht, wenn ein wehrloses gepeinigt wurde. Nur merkte sie es selten.

Wir waren dort, in Voitsdorf, fast fünfzig Jahre später. Der Ort existiert noch. Er ist weitaus größer, als ich ihn in meiner Erinnerung behalten habe: Es gibt eine Knopffabrik, auf dem Mückenberg steht ein Hotel, betrieben von einem etwa gleichaltrigen Deutschstämmigen. Er durfte dort bleiben, die Umstände erzählte er, aber ich habe sie vergessen, denn ich war wie gelähmt vor Trauer.

Es gibt die kleinen Häuser nicht mehr. Von ihnen existieren noch Steinhäufchen, und die Plätze sind gekennzeichnet durch die kaum einen Meter langen geschwungenen Stege über den Bach. Aus den Steinen wachsen Bäume, manche sind schon ansehnliche Birken. Wo unsere Leute gewohnt haben, steht nur ein großer Baum, den es damals schon gegeben haben muß. Aber, sagt der Mann auf dem Mückenberg, es wollte niemand in die Häuser ziehen, sie sind halt ... zusammengefallen? Nein, sie wurden geschleift. Und auf dem Friedhof sind die Grabsteine herausgerissen worden, aber jetzt werden sie langsam nach und nach wieder hingebracht.

Das war im Jahr neunzehnhundertsiebenundsiebzig. Als ich heimkam von dort, schrieb ich gegen meine Gewohnheit in einer Art Tagebuch nieder, was mich bewegte. Meinen Zweifel an der Art der Vertreibung und der Tilgung aller Spuren gelebten Lebens von so vielen Generationen. Andererseits wußte meine lückenhafte Erinnerung aber noch Beispiele von deutschem Dünkel. Sie hatten keine richtigen Häuser, es waren eher Hütten, aber ein Henlein-Bild hatten sie alle in ihrer Stube.

Es ist nun so wichtig nicht mehr.

Und Marie stammte nicht von dort. Niemand von uns wäre auf die Idee gekommen, in ihre Heimat zu reisen.

Es tut mir weh, mich zu erinnern, an den Engel meiner Kindheit, an die erschreckend sich verändernde Frau, an die Furie, die Sorgende, die Lügnerin, die schlechte Ehefrau.

Sie war sechzehn Jahre alt, als der Franz Burock sie geheiratet hat. Innerhalb von zehn Jahren bekam sie acht Kinder von ihm. Nur drei blieben am Leben.

Er war Schneider und arbeitsam. Aber was er mit den Händen hereinholte, trug sie in der Schürze hinaus. Wäre es der Überfluß gewesen, aber sie gab auch vom Nötigen, sie gab jeder armen oder auch nur schlauen Seele.

Sie hatten eine Wohnung in der Anklamer Straße, eine Art Ladenwohnung im Hochparterre. Die Treppe führte in den ersten Raum mit dem großen Schneidertisch und dem Ankleidespiegel, einem Kleiderständer und zwei

Stühlen neben einem Tischchen, auf dem alte Schneiderzeitschriften lagen.

Zwei Stufen führten von dort in das etwas höher gelegene Wohnzimmer, das klein und vollgestellt war. Vor allem mit Notbetten, aber zu einem solchen wurde auch der sonderbar diese ganze sonst eindeutige Welt verfremdende Flügel, auf dem ich meine Masern auslag. Dann gab es noch einen kalten häßlichen Schlauch von Küche. Auch dieser Raum, dunkel und unwohnlich, beherbergte immer so viele Menschen, wie auf der Erde Platz fanden.

Sie haben wahrlich andere Sorgen gehabt, aber zwischen dem Zimmer und der Küche schwang eine Schaukel für uns. Und ich seh mich auf einem Bett stehen, meine Großmutter wäscht mich und hört mir zu, ich erzähle ihr, was ich geträumt habe.

Wir gehen über die Straße, und ich muß weinen, weil ich einen alten Mann Brennholz tragen sehe. Ich schäme mich meiner Tränen und will keinen Grund nennen, aber meine Großmutter faßt meine Hand fester und geht mit mir in ihre Küche. Sie gibt mir ein Taschentuch. Ich bin aufgeregt, weil es naß geworden ist, und versuche es im offenen Spalt des Fensters zu trocknen, wedle damit hin und her. Im Hintergrund höre ich die beiden Frauen reden, meine Mutter fragt, was mit mir sei. Mir klopft das Herz, weil ich fürchte, daß meine Mutter mich streng befragen wird, ob ich den Mann kenne und was ich mit ihm zu tun habe.

Ich habe ein Paar neue Schuhe bekommen, schwarze Lackschuhe. Unter meiner Bettdecke liegen sie, und ich kann nach ihnen tasten. Meine Großmutter deckt mich fester zu, sie guckt unter die Bettdecke und lächelt, legt den Finger auf den Mund und läßt mir die Schuhe. In der Nacht vor dem Jahr dreiunddreißig, das ist meine früheste Erinnerung an sie, hör ich Musik und kann schlecht schlafen. Die Stimmen der Feiernden könnten mich beruhigen, aber mein Hals tut weh und ich huste. Meine Mutter war mit meiner Schwester und mir beim Fotografen, wir tragen auf der weißen Mütze die Jahreszahl neunzehnhundertdreiunddreißig.

Nun bin ich erkältet. Die Hand meiner Großmutter liegt auf meiner Stirn. Sie ist gekommen, um den schlafenden Kindern einen Neujahrskuß zu geben. Sie gibt mir Malzkaffee mit Milch und Zucker, sie bringt Hustensaft und tröstet mich.

Damals hat meine Großmutter noch gern getanzt, aber sie trank kaum.

Ich trat ungewollt und unerwartet in das Leben von Marie, die nicht wußte, daß ihr Sohn ein Mädchen geschwängert hatte. Sie verfluchte ihn. Aber nach einem Jahr, das ich im Waisenhaus verbrachte, nahm sie uns alle auf. Wie alle nachfolgenden Kinder auch. An Neugeborenen fehlte es nie.

Bedenk ich es heute, muß zu dieser Zeit die Ehe zwischen Marie und Franz schon zerstört gewesen sein. Sie hat ihn maßlos überfordert. Er arbeitete täglich zwölf Stunden, aber wie er sich auch anstrengte, er blieb der einzige, der etwas einbrachte. Und das war ungerecht. Denn die anderen waren jung und stark, und hätte meine Großmutter nicht immer eine Mahlzeit für jeden gehabt, sie hätten sich wohl anstrengen müssen, in ihr eigenes Leben Ordnung zu bringen.

Von meinem Vater will ich nicht reden. Ich weiß, daß ich ihm seine Krankheit so nachtrage, wie man niemandem die Schwindsucht oder den Krebs übelnehmen würde. Sein Suff hat unser Leben vergiftet. Auch das von Marie und Franz. Der nahm ihn als Schneidergesellen auf, wer sonst hätte sich mit der Unzuverlässigkeit des Quartalssäufers abgeben sollen.

Marie war zu jener Zeit, da ich mich an sie erinnere, schon verblüht und ohne jeden weiblichen Charme. Sie wirkte nur als Mutter, nur als Großmutter. Und war doch gerade Mitte Vierzig.

Soviel ich weiß, haben die beiden außer im ersten Jahr ihrer Ehe keine Nacht in einem Raum allein miteinander verbracht. Ihre eisernen Klappbetten standen hintereinander, auch in der zweiten Wohnung am Elisabethkirchplatz, die noch scheußlicher war. Da bestand das einzige Zimmer hinter dem Schneiderraum aus einem dunklen Loch, zum Hof hin, der maß vielleicht zehn Meter im Quadrat und ließ keinen Sonnenstrahl an die Leute heran. Den Hof gibt es noch, das Haus noch, der Eingang zum Laden ist zugemauert, die Schinkelsche Elisabethkirche ist noch immer eine ausgebombte. Maries Stärke bestand darin, daß sie über die desolatesten Zustände einen Duft zu zaubern wußte, den weiß ich mehr als ihr Gesicht, das ich vielleicht verdränge, weil es sich mir erst in seiner Verzerrung eingeprägt hatte. Es war ein Duft aus böhmischer Küche, von Knödeln, Buchteln, einzigartigem Kaffee, Hühnersuppe, gebratenen Heringen, die bei ihr nie zerfielen, Sauerkraut, es duftete wie bei guten Leuten in guten Zeiten.

Und da es so nie war, nahmen alle den Trost begierig auf und hatten eben doch ein Weihnachten, Silvester, ihren Geburtstag. Wann ihr Unglück begonnen hat, weiß ich nicht. Die Familie, aus der ich stamme, wäre auch heute nicht bereit, über Symptome und Vorfälle zu reden. Marie hatte eine hymnisch unkritische Meinung über sich. Sie schimpfte auf ihren Mann und strich sich dabei heraus. Sie war nur gut, er war nur schlecht. Was hat er ihr getan? Man konnte sich die beiden als Liebespaar nicht vorstellen. Aber jedes Unglück zwischen zwei Leuten besteht aus einer Geschichte zwischen ihnen.

Ich hab sie nie nebeneinander liegen sehn, immer nur einzeln in den eisernen Klappbetten. Aber es muß ja mal anders gewesen sein.

Mir bleiben nur vage Andeutungen. Einmal sagte sie: »Wegn jedn Dreck hot er mich virrzehn Doche liegnlossen.« Er hat sie also durch Liebesentzug gestraft. Aber sie sprach nicht gut über Liebe und war bei ihrer einzigen Tochter wie der Deibel hinter der armen Seele her, daß die ja ihre Unschuld nicht verliert. Sie hat nie von Genüssen geschwärmt. Aber ihr Leben war nicht gelebt, sie steckte wohl wie in einer zu kleinen Schachtel. Am liebsten schwärmte sie davon, was sie uns demnächst schenken würde. Sie malte uns wunderbare Kleider aus und dazu passende Schuhe. Meine Schwester und ich sollten Roben bekommen, wie Marie sie im Kino gesehen hatte. Große Schleifen hinten, wie Schärpen. Und die eine grün und die andere rosa, so sollten wir daherkommen. Aber wir durften vorher mit niemandem darüber sprechen.

Gut sein und schenken und für viele Menschen sorglos sorgen dürfen, das wäre ihr wohl das schönste Leben gewesen. Aber so hatten sie es nicht und hätte es nie so haben können. Dazu waren es zu viele Angehörige und kaum einer, der auch nur zeitweise mit ihr strebte.

Marie sagte selten die Wahrheit. Nicht nur unsere Kleider würde es nie geben, es gab auch die Gespräche nicht, von denen sie erzählte, und in denen Nachbarn, oder auch fremde Menschen, sie über den grünen Klee lobten. Alles, was sie von uns gern gehört hätte, was wir ihr unbedingt hätten sagen müssen, sagte sie uns vor. Daß niemand so zu ihr gesprochen hatte, wußte sie beim Erzählen wohl selber nicht mehr.

Sie verschenkte alles. Zuerst versprach sie es jedem, das war schon einmal ein schönes Erlebnis für sie. Vielleicht war es ihre eigentliche Freude, denn das tatsächliche Schenken geschah dann fast nebenbei, ohne Bedacht und an jemanden, dem sie es vorher manchmal gar nicht versprochen hatte.

Ihr Mann konnte das nicht ertragen. Sie sagte, er habe ihr von Anfang an jeden Tag das Geld zugeteilt und in den Näpfen für Salz und Zucker nachgesucht, ob sie etwa einen Pfennig verstecke. Sie bekam die nächste Mark erst, wenn sie die zugeteilte nachgewiesen aufgebraucht hatte.

Das kann sein. Sie war sechzehn, und sie waren beide arm. Wenn sie damals schon dazu neigte, das Geld einfach auszugeben, dann hat sie seinem Hang zum Geiz eine gute Begründung gegeben. Ach, er hatte ja zeitlebens kaum etwas, das er geizig einteilen konnte. Er arbeitete unter ihren Augen, sie kannte seine Einkünfte und hat sie ihm schon aus der Tasche gezogen, auch wenn das schwierig war.

Ich erinnere mich an seine Knausrigkeit. Für »Liefern« zu Fuß sollte es einen Sechser geben, aber gekriegt habe ich ihn nicht. Dennoch hat keine von uns ihn je bei der Oma verpetzt.

Durch ihn habe ich die ungute Neigung, unter Mitleid zu leiden wie unter Liebe.

Er tat mir leid. Und schuld daran war sie, die uns ein Engel war und ihm ein Teufel. Sie müssen beide voneinander ganz und gar enttäuscht gewesen sein. Er trug es innerlich, und nur manchmal blitzte eine Bosheit gegen sie, aber die wurde rasch wieder verstaut. Sie kam auch nur zum Vorschein, wenn sie etwas von ihm wollte. Er sollte ihr sagen, ob ihr die Bluse steht, oder ob das Essen gut schmeckt. Sie wollte das vielleicht sehr. Aber er gab ihr kein Lob. Das mag seine einzige Rache an ihr gewesen sein.

Die Anlässe für ihre furchtbaren Auftritte aber waren nie vorhersehbar. Wie aus heiterem Himmel, von keinem Wort hervorgerufen und von keinem besonderen Blick, vielleicht von inneren Säften oder Abläufen im armen Gehirn erzwungen, richtete sie sich gegen ihren Mann. Diese Szenen waren grauenvoll. Ihr Mann arbeitete währenddes weiter. Ich sehe ihn noch, das Bügeltuch dampft, er schweigt und läßt alles an sich abprallen, sieht nicht einmal zu ihr hin. Aber sie wurde auch handgreiflich, warf ihm die schwere Schneiderbürste an den Kopf und einmal ein Tintenfaß, davon hatte sie auf der Stirn einen Fleck. Sie klebte ein Pflaster drüber, ging in die Ackerhalle und erzählte an den Ständen und den Kunden, ihr Mann habe sie mißhandelt. Sie hätte in die Hände eines Arztes gehört, die Maari, die in Abständen von Wochen ihren Mann mit Wörtern umbringen wollte.

Dabei war sie phantasievoll, gesellig, sie hätte sich gern an viele Vorhaben verschwendet, aber ihr Leben gab nichts her als eine Abfolge der ewig gleichen Arbeiten. Kochen, waschen, putzen, viel Geschirr, viel Wäsche auf dem kleinen Gasherd, viele Kartoffeln schälen oder reiben, viele Heringe braten, viele Kinder verwahren. Sie war lange der Mittelpunkt unseres Lebens, aber wir haben ihr nie eine Freude gemacht. Die Geschenke zu ihrem Geburtstag waren armselig und einfallslos, immer. Sie richtete alle Feste aus, und keiner tat es je für sie, und wenn ihr schon mal jemand etwas abnahm, die Ideen dafür lagen noch unter den mageren Möglichkeiten, die ein jedes von uns hatte.

Sie hat vielleicht an Gott geglaubt, aber sie ging nie in die Kirche. Sie glaubte an Ärzte, und unser jüdischer Hausarzt konnte sie darin nur bestärken. Er kam immer und nahm fast nie Geld. Sie glaubte an die Filme, die schönen von der Ufa, die eine Liebe erzählten, wie sie selber sie wohl gern gelebt hätte.

Sie war nicht nur klein, sie wurde auch immer dürrer. So sah ich eines Tages, daß sie sich Strümpfe ins Hemd steckte, um einen Busen vorzutäuschen. Aber sie hatte das unordentlich gemacht, eine Seite war umfänglicher als die andere, und man sah die Krunkelei. Meine Mutter sprach hinter ihrem Rücken darüber. Es war wohl gerade wieder spannend zwischen den beiden. Sie hielten meist zusammen, aber in unserer Familie gehörten die Kräche dazu wie das anschließende Vertragen.

Ich hasse das, hasse das, ich kann so nicht leben. Bei uns wurden Sätze gesagt, die niemand zurücknehmen kann. Es kam geradezu darauf an, den anderen tödlich zu verletzen.

Aber das alles war nichts gegen den Haß meiner Großmutter, brütender Haß für ihren Mann. Die Gräber wölben sich drüber, wir wissen nicht, was er ihr angetan hat, und also erinnern wir uns nur, wie sie es ihm heimzahlte. Das wird den beiden nicht gerecht. Er war ein Pedant. Hat das sie verrückt gemacht? Seine paar Sächelchen mußten penibel am selben Platz liegen, alles in Reichweite seines Schneidertisches, der Opas unberührbare Intimfläche hätte sein müssen, aber so war es nicht. Wir hockten auf den Tischkanten und ließen uns nur von Kunden verscheuchen.

Ich schäme mich dafür.

Aber ich lag gern neben meiner Großmutter in dem schmalen Bett, und wir schwatzten, bis wir einschliefen. Hinter uns lag der Großvater. Niemand sagte Gute Nacht, es gab keinen Guten Morgen, aber zuletzt im Bett immer noch einen guten Happen für mich. Sie machte ihrem Jüngsten dann die Stullen zurecht, der war auf Trebe, ein Zipfelchen Wurst fiel immer für mich ab.

Ich habe meine Großmutter geliebt, aber ich litt vor Scham, mit ihr in der Öffentlichkeit zu sein. Sie hatte kein Gefühl für Distanz. Jeden Menschen redete sie an, schmierte sich nahezu ein, selbst verächtliche oder spöttische Reaktionen gingen an ihr vorbei.

Die Zerrüttung ihrer Nerven wurde immer schlimmer. Meine Mutter und sie hatten einen langen und zähen Zusammenhalt, der sicher auch jenem Mangel an anderen Möglichkeiten geschuldet war. Auf Tod und Leben standen sie sich nur einmal gegenüber, nur einmal fielen sie sich in den Rücken. Da wollte meine Mutter ihren Mann zur Entziehung einweisen lassen, was schon Jahrzehnte fällig gewesen wäre. Da er seine Einwilligung dazu nie gegeben hätte, wollte sie sich mit seiner Mutter zusammentun, um es auch ohne seine Zustimmung zu erreichen. Es bedurfte dazu der Zeugenschaft seiner Unzurechnungsfähigkeit. Aber nachdem die Frauen den Weg geebnet hatten, verriet meine Großmutter ihrem Sohn den Plan und schob die Absicht allein ihrer Schwiegertochter zu.

Und was war das für eine Liebe zu ihr, als ich mich vor ihrem Besuch in Oberösterreich, mitten im Krieg, mit dem Gedanken plagte, sie werde uns hoffentlich nicht unheilbar blamieren.

Sie kam und brachte uns krümelige Reste von Lippenstiften mit, aber auch neue Schuhe, sie hatte alles in den

Koffer gekrempelt, was Freude bereiten konnte. Zum Beispiel Nagellack, aber der steckte im Pinsel fest wie Zement. Wer weiß, wo sie den mitgenommen hat.

Ich war froh, als sie wieder abreiste. Sie konnte sich niemals einer Umgebung anpassen, sie horchte nicht in die Welt hinein und gab dann eine Antwort, sondern sie drängte dem Leben alles auf, was sie wichtig fand.

Sie hat damals vielleicht niemandem mehr zugehört. Aber ihr stand noch bevor, daß wir nach dem Krieg aus allen Himmelsrichtungen wieder bei ihr und dem Großvater eintrafen. Das ging nicht lange gut.

Ich war aus dem Haus und schaute manchmal herein, zeigte mein Kind und behauptete ein Glück, das ich nicht empfand.

Der Großvater wurde krank. Er verlor seine einzige Freude. Vierzig Jahre lang war er jeden Sonntag als fein geputzter Herr mit Stock und Hut zum Fußball gegangen. Meine Großmutter quälte ihn jedesmal mit dem Hinauszögern des Essens. Immer hatte er Angst, sie brächte es nicht pünktlich an seinen Schneidertisch, und immer ließ sie ihn das glauben. Es war nicht der Hunger, es war die Angst um seine kleinen Rituale, an denen er festhielt und gegen die sie anwollte. Aber sie brachte ihm die Sonntagsklöße, oder das Karge, was es nach dem Krieg eben gab. Sie hungerten gewiß, wie alle Leute, aber er sprach auch darüber nicht, war ein dünner, fast durchsichtiger kleiner alter Herr, mit Uhrkette und geschniegelt, wenn er Punkt halb eins losging, in allen Wettern und unter allen Umständen.

Und er leistete sich nach dem Krieg jede Woche seine Fußballzeitung aus Westberlin. Ich hab ihn nie auf dem Fußballplatz gesehen und kann ihn mir dort auch nicht vorstellen. Aber es war seine einzige Passion. Als das Fußballtoto aufkam, dachten alle, nun könne er schnell reich werden, denn er kannte jede Mannschaft, sogar jeden Spieler. Er spielte und brachte keine Mark zusammen. Er verhaute sich immer.

Als er krank war, standen wir im Hedwigs-Krankenhaus einmal alle um sein Bett, und keiner von uns hatte an seine Fußballzeitung gedacht. Da hat er geweint, und unser Besuch bedeutete ihm nichts. Ich holte ihm die Zeitung, aber ich kann nicht sagen, daß ich es besonders gern gemacht habe.

Dann war ich mit meiner Tochter auf der Insel Hiddensee im Urlaub, als ein Telegramm kam. Er war gestorben. Ich fuhr sofort nach Berlin.

Als ich dort ankam, rannte mir meine schwarzgekleidete Großmutter Marie entgegen, verweint und ohne Fassung. Sie stürzte sich in meine Arme und stammelte immer wieder: »Er hot noch dir gfrogt, hott dich wolln sehn.«

Damals war ich sehr jung. Ich hatte zu allem eine Meinung. Aber ich verstand nichts. Meine Großmutter war endlich ihren Mann los, den sie nie ertragen hatte. Und nun war ihre Verzweiflung das so gänzlich Unerwartete. Sie hatte ihm bei ihren hysterischen Szenen das Leben abgesprochen, gleich sollte er tot umfallen und sie würde an seinem Grab sich »den Bauch halten vor Lachen«.

Sie hat nur noch ein halbes Jahr gelebt. Leicht an Gewicht wie ein kleines Kind starb sie mit seinem Namen im Mund, fragend, rufend, daß er sie auch empfange, denn nun kommt sie, wie sie es wollte.

Auch sie war einmal eine junge Frau, vor der ein ganzes Leben lag. Er hatte um sie gefreit, ohne sie gut genug zu kennen. Vielleicht ist ihre Liebe an acht aufeinanderfolgenden Schwangerschaften und fünf Kindstoden zerbrochen. Vielleicht hat er sie im Bett niemals befriedigt. Ich denke, das war so. Aus ihren verquasten und verschämten Andeutungen konnte man es entnehmen. Die Liebe starb auch an der Armut, der ständigen, der lebenslänglichen, der nie geringer werdenden. Wenn ich es heute bedenke, haben sie einander nicht vertraut. Daran stirbt die Liebe sowieso.

Aber von uns allen, die wir so supergescheit waren, hat ihnen nie jemand geholfen. Nicht gegen die Armut im

Portemonnaie und nicht gegen die Unwissenheit und die Armseligkeit ihrer Liebe.

Wenn ich je laut werde, erschrecke ich, daß ich jetzt wohl gleich Grimassen schneiden werde und Ähnlichkeit haben könnte mit meiner geliebten, nie gefürchteten und immer ein wenig verachteten Großmutter Marie, von der ich nicht einmal den Mädchennamen weiß.

Grüne Wolken

Ich sage, was machst du da, und das Kind sagt: Siehst du doch. Ich sage, du malst, und das Kind sagt, ja, ich male. Ich sehe zu, wie das Kind malt, und wir sagen eine Weile nichts, dann sagt das Kind: »Meine Wolke ist aber grün.« Ich sage, ja, sehr schön grün. Und wundere mich, warum die Stimme des Kindes jetzt unwillig geworden ist.

Das Kind sagt: »Manche sagen, es gibt keine grünen Wolken.« Ich sage: »Dann haben sie vielleicht noch keine grünen Wolken gesehen, und wir müßten dein Bild an die Wand hängen, damit viele Leute sehen, daß es Wolken gibt, die so aussehen wie ein Apfel, oder ...« – »Nein«, sagt das Kind, »nicht wie ein Apfel, wie eine grüne Wolke.« Ich sage, ja, wie eine Wolke, und das Kind fragt: »Und wie sieht deine Wolke aus?« Ich sage, meine Wolke sieht manchmal aus wie Silber, manchmal ist sie blau, und manchmal ist sie weiß, manchmal ist meine Wolke auch schwarz. Das Kind sagt: »Schwarze Wolken gibt es nicht.« Ich sage: »Doch, du hast vielleicht nur noch keine gesehen. Ich gehe jetzt und male eine schwarze Wolke und zeige sie dir.«

»Ja«, sagt das Kind, »aber in Wirklichkeit gibt es keine schwarzen Wolken, da gibt es nur grüne und die andern alle.« Das Kind sagt, was machst du da, du guckst so komisch. Ich sage, ich schreibe ein Gedicht. Wie macht man das? Was ist ein Gedicht? Ich sage, ich mache es genau so wie du. Ich? Aber ich schreibe doch gar keine Gedichte! Doch, du spielst mit deinen Puppen und Stofftieren, und singst dazu alles, was dir einfällt. Du singst, was du denkst, was du gesehen hast, was du haben möchtest, was du nicht leiden kannst, worüber du traurig bist, wen du liebhast, und du singst böse Wörter, und Wörter, die es vorher gar nicht gegeben hat.

»Und das machst du auch? Aber du bist doch kein Kind mehr, und ich hab gar nicht gehört, daß du singst.«

Ich sage: »Doch, ich singe, aber nicht laut. Und ich schreibe auch auf, was ich als Kind gesehen habe.«

»Macht das jeder, alle Kinder und alle Leute?«

Fast alle Kinder, aber wenn sie Leute geworden sind, dann oft nicht mehr. Ist das nicht schade? O ja, das ist schade.

Das Kind sagt: »Deine schwarze Wolke ist nicht schön. Aber meine grüne Wolke ist auch nicht schön. Ich mach lieber eine bunte.«

Ich sage: »Aber die grüne und die schwarze Wolke können wir trotzdem behalten.«

Das Kind sagt: »Nein, die schmeißen wir jetzt weg, die machen wir kaputt.«

Wenn das Kind kommt, könnte ich ihm diese Zeilen zu lesen geben, aber das Kind könnte sagen, warum hast du die Anführungen mal hingesetzt und mal nicht? Laune oder System, könnte das Kind fragen, denn es hat inzwischen Germanistik studiert und hat es schwer mit sich, es merkt, wie wenig ihm das gebracht hat. Es kann sich nicht mehr so einfach freuen wie früher, und auf neue Weise freuen hat es auch noch nicht gelernt. Das Kind schreibt so, wie das Kalb stehen lernt, wie der Vogel vom Nestrand fliegt. Was soll der Vergleich, könnte das Kind sagen, das Kalb kann eigentlich stehen, der Vogel eigentlich fliegen, beide wissen nur noch nicht, wie man machen muß, was einem eigentlich gegeben ist. Naja, könnte ich sagen, so meinte ich es, wenn ich sage, das Kind schreibt. Das Kind?

Vorbei ist die Zeit, da meine Tochter wissen wollte, warum die Leberwurst keinen Vornamen hat, lang vorbei auch jener Tag, an dem sie auf einem Stein einen Zwerg gesehen hat. Ich sah diesen Zwerg nicht, aber ich neigte schon damals dazu, jedem Menschen das Recht auf seinen Zwerg zu lassen. Weil ich es für möglich hielt, daß einer einen Zwerg sieht und der andere nicht. Das war gütig, aber falsch. Nachdem ich bereits der Dreijährigen zugestanden hatte, daß sie mehr sieht als ich, erwies sich diese Erfahrung als anwendbar für viele Situationen. Denk daran, sagte noch die Fünfzehnjährige, als sie eben die Schulmappe in eine Schultasche umgewechselt hatte und schon mit der ersten Liebe durchbrennen wollte, denk daran, den Zwerg hast du damals auch nicht gesehen. Ich hielt den Zeitpunkt für gekommen, sie zu ernüchtern, und sagte: »Du aber auch nicht!« Da sagte sie: »Doch! Ich habe ihn gesehen! Er stand zuerst auf dem Stein, und dann hat er getanzt!«

Ich war eine sehr junge Mutter, hatte keine Lebenserfahrung, von der Überlebenserfahrung abgesehen, und wie konnte ich etwas über ein Kind wissen, da alle Welt nur Falsches oder nichts über ein Kind wußte.

Zum Beispiel wußte ich nichts über die richtige Ernährung eines Kleinkindes, und hätte ich alles gewußt, so hätte es mir wenig genützt, da es außer Primeln und Zuteilungskartoffeln in den Gemüseläden nichts zu kaufen gab. Apfelsinen, Zitronen, Bananen und Blumenkohl holte ich mir wöchentlich aus Westberlin, auf ungesetzliche Weise, es war verboten, und ich hatte große Angst. Es kostete obendrein etwas mehr als die Hälfte meines Haushaltsgeldes. Mein Kind hatte Jäckchen, die nach dem ersten Waschen einem ausgewachsenen Affen gepaßt hätten, es hatte geflickte Windeln, die eingeweicht, vorgewaschen und auf dem kleinen Gasherd im Topf gekocht werden mußten. Der Stoff für die ersten Latzhosen stammte aus Schneideropas Flickenkiste.

Ich wurde Mutter und wollte mein Kind nie schlagen. Und ich wollte meinem Kind zuhören.

Keinen Tag in meinem Leben habe ich geglaubt, daß Kindertränen rascher trocknen als die der Erwachsenen. Ich weiß, viele Menschen glauben, die Tränen eines Kindes laufen nur über die Wangen, einfach so, das Kind selber bemerkt die eigenen heißen Tränen kaum und merkt sie sich gewiß nicht. Und Babys müssen schreien, damit sie eine kräftige Lunge bekommen. Man dürfe Kinder vom ersten Tag an nicht verwöhnen. Neulich las ich sogar in einem »modernen« Buch, man dürfe einem Kind nur vernünftige Wünsche erfüllen und solle es nicht verzärteln. Zum Beispiel nicht trösten, wenn es hinfällt, sofern es sich nicht verletzt.

Mir schien, hier habe eine harte alte Zicke über zarte junge Wesen geschrieben, diese Stelle aber ärgerte mich besonders. Meine Kleine war tapfer wie ein ausgewachsener Indianer, obwohl ich sie immer aufgehoben und getröstet habe, ob ihr das Knie weh tat oder die Seele. Sie hat nie mehr Aufhebens gemacht, eher weniger, als die Sache hergab, weil sie sich niemals durch Übertreibung die nötige Zuwendung erlisten mußte.

Und was sind vernünftige Wünsche? Warum gelange ich nicht endlich zu einem Punkt der Reife, der in mir nur noch vernünftige Wünsche entstehen läßt? Und warum kenne ich nicht wenigstens zwei Menschen, die sich mit vernünftigen Wünschen bescheiden? Ich lese gern die Autobiographien bedeutender Leute. Die haben sich keineswegs durch die Angemessenheit ihrer Wünsche ausgezeichnet, weder als Kind, noch als bedeutende Persönlichkeit. Alle Theorien stimmen, und es stimmt keine. Der eine reißt aus sich unter Qualen die Leistung, weil er es den anderen beweisen will, die ihm nichts zugetraut haben. Der andere blättert sich bis zum Kern seiner größten Möglichkeit durch, langsam, sich irrend und dabei reifend. Und es gibt, daß einer nur tut, wozu er Lust hat, und eben dies läßt ihn Außergewöhnliches ausbuddeln, schreiben, malen, entdecken oder erfinden.

Mit der Beschränkung auf vernünftige Wünsche habe ich bei meinem Kind erst gar nicht angefangen. Wir haben uns beide immer möglichst viele Wünsche erfüllt. Dazu muß man lernen, sich zu seinen Wünschen zu bekennen.

Zu Verzicht und Traurigkeit auch, davor können wir uns und einander nie bewahren.

Einmal habe ich meiner Tochter die Rechenaufgaben gemacht und bin danach mit ihr in den Wald gerannt. Wir haben dort in gelben Blättern gewühlt, laut gesungen und getobt, bis ich statt eines blassen tüchtigen Mädchens ein lustiges und hungriges nach Hause brachte, das wieder lebte.

Wenn sie krank war, durfte sie bei mir schlafen, und wenn sie es einfach nur wollte, dann auch. An ihrem ersten Schultag sagte ich: »Ich schenke dir heute einen Tag. Wenn du einmal nicht in die Schule gehen willst, dann brauchst du es nur zu sagen. Du brauchst dir nichts auszudenken, keine Bauchschmerzen und keine Halsschmerzen, es ist dein Tag, du kannst mit ihm machen, was du willst.«

Sie hat oft von diesem Tag gesprochen, sie hat manchmal schon den Mund aufgemacht, um ihn sich zu fordern, aber in Anspruch genommen hat sie ihn nicht, nicht im ersten Jahr und nicht in den darauf folgenden vielen Jahren. Ich müßte lügen, wenn ich sagte, ich hätte mir das vorher gedacht. Das stimmt nicht, aber verstanden habe ich es, ohne daß ich enttäuscht gewesen wäre, wenn sie sich mit Hilfe dieses Tages einmal vor einer Arbeit oder Prüfung gedrückt hätte. Ich hätte in jedem Fall zu meinem Versprechen gestanden. Denn nie habe ich gesehen, daß jemand dergleichen nicht hätte nachholen können, mit mehr Gelassenheit und mit mehr Mut, als man manchmal eben hat.

War es unvernünftig, daß wir mal nur Eis zu Mittag gegessen haben und manchmal nur Bratkartoffeln? Wenn es nicht pädagogisch war, dem Kind Neigungen, Essenszeiten und Mengen anheimzustellen, wieso hatte ich dann ein Kind, das außer Schokoladeneis und Schokoladenpudding fast alles mochte? Sie mußte nie aufessen, aber sie aß meist den Teller leer, den sie sich mehrmals mit Puppenportionen füllte.

Wir beide lebten lange Zeit allein und hatten wenig

Geld. Aber es reichte immer, daß wir uns gegenseitig Blumen schenken konnten, und niemals gab es bei uns Strümpfe und Mützen zu Weihnachten. Wir kauften auch Bücher, die es vielleicht am nächsten Tag nicht mehr gab und Karten für dreimal dasselbe Theaterstück.

Mein Kind, so schien mir, hatte lange Zeit eine ziemlich heile Seele. Sie wollte nie um jeden Preis etwas haben, nur weil alle anderen es angeblich auch hatten, die ersten Perlonstrümpfe ausgenommen. Sie hat nie jemandem etwas weggenommen oder kaputt gemacht, für sie war Teilen und Eingestehen kein Problem. Und manchmal haben wir beide geschwärmt von lauter Dingen, die wir uns kochen, backen, schneidern, basteln – oder kaufen wollten.

Wir sind schöpferische Köchinnen, denen gelegentlich etwas großartig und manches fatal daneben gelingt. Geschneidert habe ich seit ihrer Zeit als Kleinkind nicht mehr, beim Basteln haben wir zwei linke Hände, und das meiste haben wir uns schließlich doch gekauft, oder wir vergaßen es zugunsten anderen Spaßes, anderer unvernünftiger Wünsche.

An die denke ich gerne zurück und bis heute nehme ich mir die am liebsten vor.

Vergangene Zukunft

Die Fotos gehen mir nach. Was sie zeigen, habe ich vorher so nackt nie gesehen.

Es erstaunt mich, daß ich in diesen Bereich vergangenen Alltags nie eingedrungen sein soll.

Eher ist zu glauben, die Photographin zwingt mir ihren Blick auf. Der ist hart und beschönigt nichts.

Ein Foto zeigt eine Frau, auf ihrem linken Arm trägt sie ein Kind, an ihrem rechten hängen schwere Taschen. Sie kürzt einen Weg durch aufgehängte Wäsche hindurch ab, ihr Gesicht ist schon hinter den nassen Bettbezügen, dem Bühnenvorhang auf einem Bild der Überanstrengung und Eile.

Auch das, sagen die Fotos, ist ein Teil Ergebnis. Auch daran sind wir gescheitert.

Frauenphotos aus einem Betrieb. In den Gesichtern wenig Hoffnung, gar keine Illusion. Kaum Eitelkeit, keine Koketterie. Statt dessen Unlust und Härte. Was gemacht werden muß, wird gemacht. Es wird nicht viel dabei herauskommen. Die können uns da oben was erzählen. Wie soll es schon gehen? Beschissen wäre geprahlt.

Augen, von denen der Schleier geheimer Wünsche fortgezogen ist. Nackte Augen blicken in die Kamera, die Zwanzigjährige erwartet für sich nichts als Scherereien, genannt das Leben. Eine Frau, die ihre Mutter sein könnte, will gerade die Zigarette zu dem faltigen Mund mit den schadhaften Zähnen führen, sie lacht ordinär, oder es sieht nur so aus, und sie ist das gutmütigste Luder im Stall.

Die Frauen haben durchschnittlich sechshundert bis achthundert Mark auf die Hand gekriegt. Und fast alle haben geraucht, zuviel, und mal einen schlechten und mal einen guten Kerl erwischt. Leichter ist ihr Leben dadurch selten gewesen, nur daß es halt nicht auch noch Kummer gab, wenn er was taugte.

Das sind schwer arbeitende Frauen. Fabrikarbeiterinnen. Körperlich schwere Arbeit macht glanzlos.

Was die hier mit Kraft und Geschicklichkeit machen, wird anderswo längst auf Knöpfchendruck von Maschinen geleistet. Solche Wunderwerke der Technik beseitigen aber Arbeitsplätze.

Lohnt es sich, diese hier zu erhalten? Eine solche Frage hat sich bis vor kurzem nie gestellt. Die Produkte wurden subventioniert und fanden in östlichen Ländern reißenden Absatz.

Die Frauen stellen Lippenstifte und Nagellacke her, Creme, Puder, Shampoo. Aber es ist nicht zu sehen, daß die abgebildeten Frauen ihre eigenen verschönernden Erzeugnisse benutzen. Jedenfalls keinen Lippenstift oder Lidschatten. Außer nach Feierabend, da werden sie wohl aufblühen. Aber kaum als Orchideen. Das sind anspruchsvolle Gewächse. Die Frauen hier sind es nicht gewöhnt, besondere Ansprüche zu stellen.

Zwei Jahre vor der Öffnung der Mauer war die Photographin wochenlang im Betrieb. Sie hat keine Kompromisse gemacht, sondern ist den Zuständen unter die Haut gegangen. Wo sie Freundlichkeit fand, hat sie sie abgebildet. Über einem häßlichen Sprelacarttisch stecken Frauen die Köpfe zusammen, sie reden und lachen. Das tröstet bis zum nächsten Foto.

Die Bilder durften damals nicht veröffentlicht werden. Die gesellschaftliche Auftraggeberin hat sie radikal abgelehnt. »So sind unsere Frauen nicht. So sehen sie nicht aus. Wo ist denn die Zuversicht? Natürlich kann eine als Ausnahme solche schrundigen Hände haben, aber es ist nicht typisch.« Das Gesicht der Zwanzigjährigen ist ernst und vergrämt, ohne Lächeln. Hat sie vielleicht eine schwere Kindheit gehabt, lieblose Eltern? Oder war der Betrieb so, wie er aussieht? Eine Bruchbude, in der jeder Vorschlag zu leichterer Handhabung an der ausschließlich männlichen Leitung scheiterte? Haben sie so viel Subventionen geschluckt, daß die Kosten für Renovierungen nicht auch noch beantragt wurden? Oder das Geld wurde beantragt und nicht gezahlt.

Diese angespannten, vorzeitig ältlichen Gesichter erzählen von vielem. Wie die Urlaube waren, die Sorgen, und die Feierabende immer zu kurz. Ging es im Arbeitsleben dieser Frauen um »noch nicht«, die gängige Floskel, oder um die gehobene, die »Vervollkommnung«, was Vollkommenes voraussetzt?

Wir alle haben solche Wörter hingenommen. Vielleicht nicht benutzt, aber hingenommen, ebenso wie solche Verhältnisse. Ich denke, am Internationalen Frauentag kamen sie in der Rede vor, und am 1. Mai ebenso wie am 7. Oktober. Da gab es Prämien und lobende Worte. Was uns heute schäbig erscheinen will, hat damals etwas bedeutet. An solchen Tagen haben die Frauen auch einen gehoben. Witze gerissen, nicht nur feine. Zu Hause, erzählen sie, kriegte manche eine gescheuert, wenn sie beschickert kam, dabei waren sie doch meist unter sich, »die paar Männer«.

Frauen konnten etwas bewirken. Dort, wo es nicht um große Politik ging, nicht um Einspruch gegen männliches Wirken, wo nicht atavistische männliche Denkweisen angegriffen, keine Forderungen nach neuen Strukturen angemeldet wurden.

Und sie konnten einander helfen. Das gilt vielleicht in Zukunft als nicht mehr dienlich. Aber sie können es sich nicht abgewöhnen, sagen sie.

Es hat etwas gebracht. Man lasse sich davon in Dörfern und kleinen Städten erzählen, oder in den Mondlandschaften der Neubaugebiete, deren Strategen und Auftraggeber nicht in Marzahn, Halle-Neustadt oder Leipzig-Grünau gewohnt haben. Wo die Mütter nach dem Einzug Paßbildchen neben die Türklingel klebten, damit die kleineren Kinder nach Hause fanden.

Dort haben die Frauen versucht, etwas Wärme in die kalte Umgebung zu bringen, sie ein wenig zu bereichern. Ihnen selber haben viele Reichtümer gefehlt. Auch solche wie Zeit, Gemütlichkeit, Muße. Es ist nicht um Armut gegangen, zunehmend nicht.

Etwas anderes lief vom Anfang her schief. Die Welt, in der wir lebten, war ein ausgeprägt männlicher Entwurf und eben nicht gar so für das Seelenleben ausgedacht. Ach, noch die Mächtigen bauten sich Häuser, die kaum anheimelnder waren.

Arbeit macht klüger, fördert das Denken, fordert den Gedanken an Alternativen heraus. Denken macht auch sehend. Das allzu Sichtbare waren die engen Grenzen für den Ausgleich zur täglichen Arbeit. Die Frauen wollten nicht jagen gehen, oder doch, aber in hübschen kleinen Läden, statt in der einzigen Kaufhalle im Wohnkomplex. Sie hielt es auf, wenn sie mit fiebernden Kindern stundenlang in der Poliklinik warten mußten, viele Jahre sogar ohne das unzulängliche Bestellsystem. Einkaufen, mit dem Kind zum Arzt gehen, das waren absehbare Unlustigkeiten mit großem Zeitaufwand. Die Pein im Wartezimmer oder überheizten fensterlosen Flur wurde noch verstärkt durch die Resignation der Schwestern und Ärzte, die an ihnen vorübergingen und sie sitzen ließen. Nicht selten, um erst einmal in aller Ruhe zu frühstücken. Man hörte die Löffel klappern, und auch ich erinnere mich ungern an die hilflose Wut und die Angst, die von niemandem aufgefangen wurde.

Von der Tochter bis zur Enkeltochter hatte sich nichts geändert. Es wurde noch immer hastig und oft pampig abgefertigt. Sensibles Gelände, vor dem die Erinnerung aus Angst vor Übertreibung flieht.

In vielen Betrieben stand aber auch das Wesen der Frauen im krassen Widerspruch zu ihrer Umgebung. Sie waren laut, lustig und unterlegen. Das derbe Wort des Einspruchs ist auf ihren Lippen fast sichtbar, aber die Verweigerung haben sie nicht ausgepackt. Auch sie gingen nicht mehr an gegen sottende Wände, den buckligen Fußboden, zugedreckte Fenster, verschlissenes Arbeitsgerät.

So wurden dann eben auch in der Pause angeschlagene Tassen, Mostrichgläser, Blechlöffel und abgeschabte Plastdecken auf Plasttischen als zulänglich empfunden.

Das Versprechen auf Frauenruheräume und gesund kochende Kantinen ist vielerorts nur Papier geblieben. Und wäre doch einzulösen gewesen. Was es kostete, hätte in großen Betrieben ein besser genutzter Arbeitstag einbringen können.

Was mich ärgert: Die Frauen auf den Fotos sehen eher wie vorzeitig gealterte Muttchen aus und nicht wie sehnsüchtige Weibsbilder, die nur im Moment nicht zum Zuge kommen, mit all ihren aufgeschobenen Sehnsüchten und ihren Träumen, von der Südsee bis Belmondo. Ungepflegt, das meint nicht Mangel an Seife, sondern Verwahrlosung der Seele durch zu wenig Zeit, zu wenig Geld, zu wenig Vorfreude.

Es gibt den Betrieb noch. Die Frauen kämpfen um ihren Arbeitsplatz. Sie haben eine Art Vertrieb aufgebaut, hübsche junge Frauen reisen mit Ständern und mobilen Verkaufstischen, folgen jeder Einladung, um die konkurrenzlos billigen Präparate vorzuführen und möglichst zu verkaufen. Die Sachen sind gut und auch besser eingepackt als früher.

Ich kann die Hoffnung nicht abweisen, daß auch die fotografierten Frauen aus ihren grauen Schalen klettern, daß der Zorn über die sicher zu erwartende Abwicklung ihrer Arbeitsplätze ihnen die Wangen färbt, daß M. zum Zahnarzt geht und B. vielleicht nicht mehr mit nackten Füßen in Sandalen steckt, die bestäubt sind von verdächtigen Chemikalien auf den zerfressenen Fußnägeln. Ausmisten, was giftig ist, her mit Kontrollen, her mit einer Chance und Beweisen für die eigene Kraft?

Auch diese unnötige Konkurrenz wird weggeschnippt werden wie ein Kartenhaus. Weh tut, daß es mit viel besserer Arbeit vorher heute zum selben Ergebnis käme.

Noch scheint es, als hielte gerade die Heruntergekommenheit den Betrieb, und damit die Frauen, ein wenig länger über Wasser.

Ein paar von ihnen träumen davon, mit ihrer Familie auszuwandern. Australien oder Kanada, bloß weg.

Andere sagen, jetzt gerade nicht. Sie überlegen, wie ihre Streikparolen lauten müßten, um jemanden zu beunruhigen. Solche gibt es nicht.

Aber auf die Straße gehen, das wollen sie, alle. Und ob, sagen sie. Denen werden wir es zeigen. Die haben doch keine Ahnung. Schläue möchte der anderen Frau raten: Vermeide jeden spitzen Ton. Werde nicht ironisch, bleib kompromißbereit, anpassungsfähig, finde dich damit ab, daß es hart kommt. Schon findet sich kaum ein Arzt, der eine Schwangerschaft unterbricht. Da braucht es den allzu umstrittenen Paragraphen am Ende nicht mehr. Oder man gibt ihm eine andere Stelle im Gesetzbuch und einen vageren Wortlaut. Die Arbeit hat die Knochen der Frauen vorzeitig verschlissen. Sie haben im umfassenden Sinn zu schwer getragen. In der Zeit der Wende haben sie ihre Abgesandten zum Alexanderplatz geschickt, auf der Demo am 4. November 1989 forderten sie: Die Mauer soll weg. Wir wollen ehrliches Geld. Es soll endlich mehr zu kaufen geben. Nicht gerade kapriziöse Wünsche. Karg, aber auf den Punkt. Es schien ja auch, als gäbe es eine Wende. Für eine kurze Zeit war das Volk unglaublich beredt, jeder plapperte sich die Seele frei, ob Politiker oder Schüler. Eine Volksaussprache riesigen Umfangs. Von Schuld und Anfang war die Rede, von einig und Vaterland.

Das öffentliche Ohr ist längst wieder abgeschafft.

Unsere Zurücksetzung wurde vorher geleugnet. Nun wird sie wieder zu einem Wert erhoben. »Altersarmut ist vor allem Frauenarmut.« Wenn wir uns nicht wehren, beginnt das Alter der Frau in der Mitte ihres Lebens.

Sich wehren, das heißt auch, angehen gegen die eigenen Trägheiten.

Wir werden mehr Kraft brauchen, als wir jetzt haben. Na gut, dachte ich, wenn alles in Trümmern liegt, fangen wir eben noch einmal als Trümmerfrauen an.

Sensibler Übergang

Nach dem Schreck, daß die Kinder das Haus verlassen haben, glättet sich die Seele. Wir hören auf einmal ein Lied, das außer uns niemand hören wollte. Nach Jahren, in denen wir ständig musikalische Erfindungen ertrugen, die auf unsere Gehörgänge einschlugen, dem Hinnehmen einer nicht abstellbaren Geräuschkulisse, die wir über uns ergehen ließen wie einen Pladderregen.

Wir müssen niemandem in der Familie mehr ein Vorbild sein. Nichts zwingt uns, allen voraus die Weihnachtsgeschenke in die Schränke zu stopfen und unaufhörlich an das Bessere im Nachgeborenen zu appellieren.

Wir brauchen nicht mehr am Fenster auf die heimkehrenden Schritte von sorglosen Angehörigen zu warten, mit mühsam beherrschter Ungeduld und der fast schmerzhaften Wut, daß es schon wieder später ist als verabredet, und unsere Nachtruhe kommt wieder zu kurz.

Nun läuft im Fernseher ein Film, den sich vorher niemand angeguckt hätte. Wir hätten ihn gar nicht vorgeschlagen, den Durchschnittsgeschmack unserer Familie kennend. Aber nun können wir ihm etwas abgewinnen. Die Geschichte ist still, nachdenklich, gerade recht. Sie weckt nur soviel Sehnsucht nach einem großen Abenteuer, daß sie mit einer gewissenlos verspeisten Salami-Stulle befriedigt werden kann.

Das Leben hat sich verändert. Daran gewöhnt, einen neuen Pullover allenfalls als zweite zu tragen, wenn wir ihn denn je nach dem ungefragten Ausleihen wiedersehen, finden wir nun unsere Klamotten immer an derselben Stelle wieder, nicht zusammengewurschtelt und mit einem

Brandloch versehen. Sogar die besseren Strumpfhosen reichen nun lange, besonders die schwarzen, die teuren, die sich nach jeder Art von plumpem Sportschuh an schlanken Tochterbeinen sehnten.

Wir waren lange Mutter. Dieser Zustand war uns natürlich, eine leichte Behinderung, ein Geschenk des Lebens.

Mutter sein ist am schönsten in der ersten Zeit, und dann, wenn man nur noch besucht wird und sich in den Zwischenzeiten erinnert. Langsam weicht die Betäubung durch den trotz allen Trödelns am Ende doch bestürzend raschen Abflug der Brut.

Es war oft sehr schön, doch. Wir haben geliebt, unser Herz hingehängt und hineingehängt, unser Herz war ein Watschenbaum für jeden in der Familie und eine allgegenwärtige Zielscheibe für schlechte Laune am Morgen. Aber auch zuständig für Kuschelwünsche am Abend, wenn mal alle Angriffslust gegen die blöde Generation vorher absackte in eine Müdigkeit, für die das Nest gebraucht wurde, nicht etwa geflickt, schon gar nicht mit Löchern die Menge, unversehrt, heilend, ohne Glasscherben von Zerbrochenem. Alles sollte für den Moment wilder Bedürftigkeit heil und ungeschehen sein.

Sie sind aus dem Haus, wir haben es gut, traben langsam auf das Ich zu, und weinen. Für welche Unwiderbringlichkeit ist da die Träne so locker? Weinen wir, weil die Nervensägen eigene Wege gehen? Nein, das haben sie vorher schon gemacht und uns Küchenstunden und Gesellschaften zugemutet, ebenso wie verdächtige Abwesenheiten, die schwer zu erklären waren. Uns kann eigentlich nicht mehr viel passieren, wir haben schon alles in der Phantasie durchlitten.

Jetzt ziehn sie nicht aus Neugier an einer Zigarette, jetzt rauchen sie los.

Jetzt fällt er auf eine rein, die wird ihm wehtun.

Jetzt liegt die Tochter im falschen Bett, sie hat doch keine Menschenkenntnis.

In der Cola oder in der Flasche für den Umtrunk wird

die verhängnisvolle Prise sein, die zur Abhängigkeit und damit zum Drama wird.

Alles schon dagewesen. Ist noch keine in Fernost im Bordell gelandet, keine neugierige Nase unrettbar beim Baghwan? Da siehst du dein Kind wieder, und es nennt sich »Offene Blume für alle«, was in der fremden Sprache sehr blumig klingt, aber wohl dein mütterliches Unglück besiegelt.

Sie wollen per Anhalter reisen, jemandem au pair sein, die Welt sehen, endlich, sie wollen ihre Nase in alles reinstecken, in angebrannten Kebab wie in ganz neue Verhältnisse.

Wir sind nicht mehr unersetzbar. Das waren wir doch. Jetzt sind wir zurückgelassen, ein letztes Mal geplündert, ihr braucht doch das nicht mehr. So sind wir unsere Lieblingstasse losgeworden, nun doch noch die umkämpften Schuhe, die wir diesmal nicht hergeben wollten. Schließlich haben wir ihnen das eigene Bett nachgeschickt – aus lauter Angst, morgen ist es zum Geben zu spät, sie haben auf geheimnisvolle Weise ihren Charakter verändert und würden nichts mehr nehmen.

Das glauben wir nicht wirklich. Aber schon die Vorstellung, das ganz Unwahrscheinliche könne doch eintreten, läßt uns weich werden. Außer dem kleinen Schwarzen geben wir fast alles her. Es ist doch ersetzbar, sind käufliche Dinge. Wir geben ihnen nicht wirklich das alte Service von Oma mit, nicht die Mokkatassen, aus denen nie jemand getrunken hat, die Glasvase, die wir uns einmal im tschechischen Urlaub an den Knödeln mit Kraut abgespart haben. Wir wollen, dies alles sollen Halteseile sein. Vor einer gewaltigen Dummheit könnte doch ihr Blick unversehens auf ein Pfand unserer Liebe fallen und flugs würde sie der Verstand abbringen von der gefühligen Torheit. Ihre Dankbarkeit würde geweckt, »das haben sie mir alles gegeben, und ich lasse mich gerade mit einem Strolch ein«.

Eines Tages, keineswegs erst nach Jahrzehnten, werden

wir die Vase in die Hand nehmen, sie wird verdammt staubig sein, und eine geliebte Stimme wird mahnen, wir sollen sie nicht fallenlassen. Unser Gehirn wird es nicht glauben wollen, aber sie können sich nicht mehr daran erinnern, woher sie die Vase haben.

Beim Umblicken ist das verständlich. Sie haben allen Krempel gesammelt und uns früher eine einzige Glaskuh als spießig und kitschig übelgenommen.

Nun machen sie alles ganz anders. Sie stellen heiße klobige Tassen auf einen jahrzehntelang von uns gehüteten hölzernen Tisch, macht nichts, das sind doch nur Sachen, und das Leben ist auch nicht tadellos. Darin schwingt ein Vorwurf mit, einer mehr. Für das Leben waren wir verantwortlich, und das Leben war nicht, wie es hätte sein können. Was haben wir denn außer der Weltkrise noch ausgefressen?

Die Wahrheit wohnt in der eigenen Brust.

Wir haben alles getan, was wir tun konnten.

Was wir hinterlassen, ist schlechter als das, was wir vorgefunden haben. Ach, demnächst werden wir ihnen ironisch und leichtlippig antworten, dies träfe schließlich auf uns auch zu. Sie hinterlassen uns auch gestreßter, als sie uns vorgefunden haben.

Fader Gedanke, fade Formulierung.

Mach so weiter, und du wirst eine dösige Tüte.

Auf dem Bildschirm agiert ein Mann, in den hättest du dich früher verliebt. Was hindert dich jetzt, ein paar Tage von ihm zu träumen?

Du bist ein bißchen tot oder kaputtgespielt oder einfach noch nicht wieder bei dir.

Du möchtest, daß etwas daherkommt, und das Herz, dieser vernarbte Krüppel, soll sich öffnen wie eine Landschaft dem Blick. Es soll über sich hinauswachsen und die Dinge so richten, daß Hereinschauen und eilig Davongehen nicht alles bedeuten, Fülle und Leere, Gewohntes und Einsamkeit.

Kartenspielen, Krimilesen, Klassentreffen, Wegfahren,

Ankommen bei den fast vergessenen alten Lieben, alles wäre möglich.

So fühlst du dich nicht. Der Schreck darüber, daß du nicht mit der von damals verglichen werden möchtest, hat Bedeutung.

Ohne Träume kann ein Weib nicht leben. In den Träumen spielt sie selber eine Rolle, als Nebenfigur oder Mittelpunkt. Wieder vom Rand dorthin zu gelangen, macht Arbeit.

Schwierig, es allein zu schaffen. Noch immer kochst du zu große Portionen, wütend auf dich selber beharrst du beim Fleischer auf zwei Koteletts, obwohl du eigentlich fünf kaufen möchtest.

Es muß etwas anfangen, sonst wird nichts, nichts aufhören. Das abgeschlaffte Gefühlsleben rächt sich für allzu häufigen Aufschub. Nützt nichts, ihm zu bedeuten, daß schließlich erst die halbe Zeit gelebt ist. Das Seil ist nicht straff, keine Lust, zu springen.

Die Natur? Zu unbeachtet über lange Zeiten, bleibt sie Postkarte. Bleibt abhängig von Wettern, also hast du keine wirkliche Beziehung zu ihr. Sie sendet Symbole, funkt das Wort Vergänglichkeit, Herbstlichsein. Der überwältigende Frühling wird zum Gegenbild.

Wenn die Liebe verloren ist, wird sie jetzt nicht helfen. Wenn sie sich ausgegeben hat, oder nur noch behauptet wurde, reißt die Decke über den Rissen.

Davongehen, aber wohin, mit so wenig Kraft und solcher Sucht zurückzudenken, zu suchen und in allem nur das Gewesene zu finden.

So kann man nicht leben.

Die Kinder fragen nicht, ihnen fällt nichts an dir auf, du bist ihnen dieselbe belastbare prima Person. Aber auch das ist nicht neu. Ohne Anfang geht es nicht. Aber kein möglicher offenbart einen Reiz. Das macht, dir werden nur fertige Ideen angeboten, laut, vordergründig gepriesen. Kommen Sie her, wir schlagen Ihre Zeit tot, wir machen Sie fit, schlank, wie neu.

Das Losungswort fehlt. Und du bist zu ungeduldig. Früher als geduldig gerühmt, räumst du dir nicht die Zeit ein, die Fotos in Alben einzukleben. Da tanzen sie wieder heraus und durchs Blut als Neuigkeit.

Die Jugend ist vorbei. Adschö, möchtest du sagen, hau ab, was sein konnte, ist gewesen, ich will nicht zu denen gehören, die sich an die Jugend klammern und alles in ihr sehen. Die werden von ihr am ehesten verlassen.

Jugend, das ist auch nur ein Wort. Es geht um dich. Die Jugend reist nicht auf einmal ab, »der Zug ist abgefahren«, das ist auch nur eine Behauptung. Es gibt keinen Grund, aufzugeben. Noch verschließt sich deine Haut nicht vor fremdem Schmerz, noch gehen dir die Leiden der anderen nahe. Zwar, die Augenlider flattern unsicher, wenn sie auf den Blick allzu offener Augen treffen, aber erst wenn du fremden Schwierigkeiten vorschnell ein böses Ende voraussagst, bist du in der Nähe vom Ende angelangt.

Die Jugend tändelt, trödelt zurück, berührt dich, umspielt dich, spielt hinein.

Du winkst ab, gespieltes Lied, getanzter Tanz, gesprochenes Wort.

Aber Jugend, das warst du. Du hast getanzt, geliebt, dich geirrt, bist fast krepiert an lauter goldenem Jungsein. Du staunst, wie häßlich du ausgesehen hast, so glücklich du an dem Tag warst. Die Füße stehen im hohen Gras, kurzbeinig siehst du aus, der Rock zippelt, du grinst dümmlich, lächeln kann man das nicht nennen. Er sieht aus, wie Männer bis heute aussehen, aber du bist auf dem Foto hoffnungslos vorgestrig.

Wie schön du ausgesehen hast, das war doch kurz vor dem ersten Sterbenwollen. Ganz uneitel, ganz bescheiden und durchsichtig ist dein Gesicht.

Du bist noch fast alles, was du warst und mehr. Das Album macht nicht nur die Niederlagen fest, und wein doch nicht um die Jugend. Die klammert sich an die Rastlosen, die sich um sie am wenigsten scheren. Wer alles in ihr sieht, wird von ihr zuerst verlassen.

Die kleine Geschichte im Fernseher, die Platte mit der zu lange nicht gehörten Musik, zwei statt fünf Koteletts, und die Sortierung der Sachen im Kleiderschrank, das ist ein Anfang, das kann einer sein. Signale, Töne, Bilder. Aber von dir geht noch keine Verlockung aus. Das gibt es, das ist bei allen so, und jede überlebt es. Nein, nicht jede. Aber du wirst es überleben.

LIEBE, SCHÖNES ALL
TOD UND SEIN
VERWANDT
SÜSSER FALL
ALS SAMTWEICHER STEIN
AUF WANDERNDEN SAND

Wir hatten den gewaltigen Anfang. Wütende Entrücktheit trieb uns zueinander, daß wir abprallen mußten, aber wir konnten nicht anders: absolut und sofort und ALLES.

So war es nicht, als ich siebzehn war und den ersten Mann unglücklich machte. Damals empfand ich nur, wenn er nicht da war und ich ihn mir umlog. Sobald er mich berührte, hätte ich stricken oder Kuchen backen können.

So war es nie. Mit dem einen konnte ich reden, mit dem anderen lachen, der zog mich in sein Werk und ließ mich für sich ackern, der nächste war schmeichelhaft eifersüchtig, jener so besitzergreifend, daß die eigene Verantwortung weniger drückend wurde.

Mit ihm war alles anders. Einige Male, über Jahre hinweg, waren wir uns durch die Arbeit begegnet, und ich hatte mich jedesmal in ihn verliebt. Aber die Zeit reichte nur, sich mit den Augen zu suchen, ein paar Scherze zu machen, leichtfertiges Gerede, todernst gemeint. Er gebunden, ich gebunden. Immer, wenn ich ihn sah, wollte ich ihn haben. Dann führte uns die Arbeit für eine Woche zusammen. Es war unausweichlich. Wir mußten uns zwanghaft berühren, also sagten wir uns andauernd Guten Tag, er rückte an meinem Schal, half mir in den Mantel, umständlich, bis mir die Knie zitterten. Wir sahen uns an und wurden reglos vor Befangenheit. Es war, als ob Konfekt im Hals steckt oder eine Grippe in den Knochen.

Die Anziehung war so groß, daß wir beide wie krank waren. Doch, das gibt es. Bei jedem Gedanken an ihn, also etwa alle zwei Minuten, fuhr mir das Blut heiß zu Herzen, und mir wurde schwindlig, wenn ich ihn nur von weitem sah. Innerhalb eines Tages gewöhnte ich mir an, bei jedem Betreten eines Raumes nach oben zu gucken, über die Köpfe der anderen hinweg, denn ein längerer Mann war nie im Raum. Nachts im Hotelzimmer malte ich mir aus, was ich am Morgen sagen würde, und wenn ich ihn sah, überfiel mich eine Art von Trauer und körperlicher Schmerz.

Ich war außer mir.

Einmal saßen wir nebeneinander und hatten alberne Darbietungen auf der Bühne zu sehen, um sie anschließend mit den Künstlern auszuwerten. Er war der Vorsitzende der Jury und hatte durchaus hinzugucken. Aber ich sah nichts, ich war atemlos und schämte mich, weil mein Busen wogte, wie in einem Roman von der Courths-Mahler. Der Atem ging nicht tief, es war eine Art von bedrängtem Hecheln. Ich mußte mich zwingen, nicht nach seiner Hand zu greifen. Solch eine Geste wäre undenkbar gewesen, denn ich zweifelte daran, daß er auch nur das Geringste für mich empfand. Obwohl ich zugleich wußte, daß wir einander verfallen waren, rettungslos und nie mehr zu trennen.

Er sprach mich an, und wie lächerlich es auch klingen mag: Es überforderte mich, daß seine Stimme zu mir sprach, daß er sein Gesicht zu mir wendete und daß meine Augen seine Augen aushalten mußten. Mir war übel, und ich war nur ein Blatt, das der Wind ewig dreht, bis er es achtlos in den Park fallen läßt. Ich war ein Nichts, ein Niemand. Aber ich hätte auch gut die Welt verändern können. Quatsch, ich war zweiundvierzig Jahre alt, hatte Geld auf dem Konto, eine schöne Wohnung, eine erwachsene Tochter, Erfolg im Beruf, ein Auto und meine Freiheit.

Er sagte: »Haben die jetzt eben gesungen oder einen Sketch gespielt?« Indem ich meine ganze Kraft zusammennahm, konnte ich auf das Wertungsblatt sehen, das er in der Hand hielt. Es war leer. Wir standen im selben Moment auf, blöde vor Entzücken, wir gingen an den anderen Zuschauern vorbei, die kannten uns, die blickten uns hinterher, die würden reden, aber wir gingen hinaus, griffen unsere Mäntel, und als wir endlich auf der Straße standen, nahmen wir uns in den Arm. Er mich oder ich ihn, ich fiel an ihn hin, er fing mich auf oder ließ sich an mich fallen. Wir blieben so stehen, ertappbar, wir konnten nicht anders.

ACH, VON MIR AUS MACH DOCH, WAS ICH WILL

Er kam heimlich in mein Hotelzimmer, drei Tage später. Über die vorher vergangene Zeit weiß ich nur, daß wir alle anderen am Tisch festhielten, wenn die längst ins Bett gehen wollten, daß wir uns ungewollt verletzten, aber auch ein Fleck auf dem Frack des Kellners verletzte uns, verstört vor Scham umgingen wir einen Hundehaufen, krallten in einer alten Kirche die Finger ineinander und glaubten einer schwarzen Katze, weil sie von rechts nach links lief.

Wir waren wie im Fieber und alle unsere Reaktionen total übertrieben. Ohne Anlaß schlossen wir innige Freundschaft mit Leuten, die uns doch nur Resonanzwand für unsere Anspielungen sein sollten, wir lehnten andere nette Personen wegen eines rüden Wortes vor unseren neukeuschen Ohren ab, fürs Leben.

ALS WIR LAGEN ENDLICH
STOCKNÜCHTERN VON UNSERM
TÖDLICHEN GEQUATSCHE
AUS DEN SACHEN GEPELLT
DA BLIEB WIRKLICH NUR
ES IRGENDWIE ZU TUN

Jede Seite meines Wesens stimmte ihm zu. Der Hunger nach ihm war umfassend. Ich wollte ihm alles sagen, ihn alles fragen. Das führte fast ausschließlich zu Mißverständnissen, denn Sprachschatz wie Gehör erwiesen sich als unzulänglich für diese neue Situation. Wir redeten drumherum, wir hörten, was gar nicht gesagt wurde. Ein so langer, intelligenter Mann, mit tiefer und ruhiger Stimme, mit Wissen und Kultur, humorvoll, witzig, sarkastisch, seltsam unbefangen im Umgang mit Sachen, bei Tische traumwandlerisch sicher.

Ich war nur, die ich aus mir gemacht hatte. In manchem tüchtiger als er, kühner phantasierend, gut für Anstrengungen und Herausforderungen.

Aber ich war so gefangen und gefesselt, daß ich über meine eigenen Füße fiel und mich zehnmal am Tag als Idiotin erkannte. Um es ihm recht zu machen, überpfefferte ich den Salat, den ich so gar nicht mag, und er biß uns beiden den Magen auf. Ich massierte ihm den Rücken, und als er entspannt gerade einschlief, klatschte ich ihm ein kaltnasses Laken auf den Körper, um Sachkunde vorzuführen. Er sprang bis zum Fenster und wußte nun, daß ich eine potentielle Mörderin bin.

Da waren wir schon wieder zu Hause und hatten uns in der fremden Stadt verzweifelt und vernünftig getrennt. Ich gebe dir eine Stunde Vorsprung, hatte er gesagt, falls du eine Panne hast, finde ich dich. So wußte ich ihn, wußte ich das Ehepaar hinter mir, und vor mir war mein altes Leben, das nie mehr sein konnte. Wir wollten aber keinem anderen Menschen wehtun.

Wenig später trafen wir uns in einer anderen Stadt und reisten nach einer Nacht in getrennten Zimmern ab, weil es so nicht ging. Auf einem Parkplatz stiegen wir aus und wollten noch ein Stück in den Wald laufen. Vor uns sahen wir ein Auto, und in das hintere Seitenfenster schob sich auf einmal ein fetter männlicher Hintern. Im selben Moment drehten wir uns um, ich stolperte über eine Wurzel, und er entschuldigte sich stammelnd ein ums andere Mal. Als wir in seinem Auto landeten, starrten wir geradeaus, wagten uns nicht anzusehen, bis er sagte: »Das eben war die unterste Stufe dessen, was wir machen.« Er hatte recht.

... MAN KANN EINE LIEBE NICHT LEBEN WIE EINE LIEBELEI

Ein viertel Jahr später lagen Trennung und Scheidung hinter uns, und wir heirateten. Es war mein dritter, sein zweiter Versuch.

Wir liebten uns, aber ich glaube nicht, daß wir uns vertrauten. Der Schreck über den jähen Lebenswechsel und daß wirklich kein Stein auf dem anderen geblieben war, hockte uns im Gemüt. Er hatte alles zurückgelassen und ich mich eben eingerichtet, mit Biedermeier und Zwiebelmuster. Er aber haßte alten Krempel, in dem er seine Kindheit verbracht hatte. Ich verschenkte und verschleuderte meine so mühsam und liebevoll zusammengebrachten Stücke, ich schaffte sachlichste Kastenmöbel an, bis er mir in den Arm fiel und weiteren Ausverkauf verhinderte. Von da an begann er mit der Suche nach ähnlichen wie den verschenkten und fürn Groschen abgegebenen Möbeln, und einiges haben wir gefunden. Mir war es egal, es war mir wirklich egal.

In der herrlichen Raserei der ersten Zeit sagten wir nur, was der andere eben auch sagen wollte. Selten liebten wir uns sanft und ruhig. Vermutlich wollten wir uns Kundigkeit beweisen oder Ausgefallenheit, auch Ausdauer, was weiß ich. Manchmal liebten wir uns wie im Zorn. Ehe ich das Haus verließ, überfiel er mich, und ich ging sanft und gezähmt in die kalte Luft und in eine widerwärtige Grippe, die ich ihm übertrug.

Und immer pochte im Innern die Angst, daß es das nicht wirklich gibt. Vielleicht sind wir im Kino und müssen gleich von der Leinwand. Solche Begegnungen enden tragisch oder banal, im Leben kriegt man nicht den, den man am meisten will.

Unter unseren Verrücktheiten schlummerte das biedere Bedürfnis, mit einem Menschen auf Gedeih und Verderb zu leben, nur mit ihm, bis zum Ende. So fühlte jeder für sich, aber wir glaubten es einander nicht.

ALL MEINE BILDER SIND VERBRANNT
STEHN OHNE GLANZ UND FARBE
DIES IST MEIN NEUES UNBEKANNT
WO ICH ZU WENIG DARBE

Ich dachte, ihn muß jede wollen. Er dachte, aus welchem Grund auch immer, ich sei eine vielbegangene Dame und werde diesen gerüchtweisen Lebenswandel wieder aufnehmen. Vielleicht aber dachten wir solchen Unsinn auch nur, weil unser Zusammensein jenen Schmerz nicht brachte, der zur Fülle der Befriedigung gehört. So holten wir ihn aus der Befürchtung.

Ich hatte Lust, ihn meiner Mutter vorzuführen, wissend, daß sie keinen Mann mit seriösen Absichten ablehnt. Sie würde sicher auf ihn einreden, und es würde mir peinlich sein, aber da war Kürze des Besuches dienlich.

Der Mutterfluch traf uns erst telefonisch, dann brieflich. Seine Mutter verfluchte mich, beschwor ihren Sohn, von der unpassenden Person abzulassen und brachte alles gegen mich vor. Niedere Herkunft, schillernder Ruf, Skrupellosigkeit beim Zerreißen einer Familie. Nie dürfte ich ihre Schwelle übertreten.

Mir war unbehaglich. Mit solchem Verdikt konnte ich nicht umgehen. Sollte er mit ihr reden. Das Leben würde weitergehen, die Entscheidungen waren getroffen. Ihretwegen würden wir gewiß nicht auseinanderdriften. Später würde sie nicht wissen, wie sie sich von der blamablen Absolutheit ihrer Wertungen und Weisungen wegschummeln sollte.

Sie wollte dabei bleiben. Ich versuchte sie erst einmal zu verstehen. Sonst fällt einem nichts Gescheites dagegen ein.

Sie ging davon aus, daß ihnen der Krieg genug genommen hatte. Die Wohlhabenheit, das überdurchschnittliche Ansehen, den Zusammenhalt der vorher patriarchalisch gefügten Familie. Man kannte den Flügeladjutanten des Kaisers, war bei ihm und hatte ihn zu Tische, die Familie war großbürgerlich-jüdisch-deutschnational. Ein Onkel bastelte in Peenemünde an der Wunderwaffe, der Großvater hatte gegen viel Goldmark einen Buchstaben weg vom verräterischen Herschel gekauft. Die Sterngucker Caroline und Wilhelm Herschel waren verwandt und Legende, und der Großvater, der Baumeister und Landtagsabgeordnete, war ein liberaler, kluger, die Familie unterdrückender Mann gewesen. Er war auch die große unverblaßte Liebe seines Enkels. Alle Geschichten über ihn zeigen ihn als einen zugleich hinreißend bestimmten und sicher unerträglichen Mann, Despot, der sich nur seiner energischen Berta fügte.

Es hat drei Jahre gedauert und bedurfte eines hochgestochenen runden Geburtstages der Schwiegermutter, ehe ich das Vaterhaus auf Einladung betrat. Jede Geste zu mir hin war eine Beleidigung. Unseren mitgebrachten Sekt im Glas, stieß sie mit allen an, außer mit mir. Ich beobachtete sie, und meine Augen wollten harte Kiesel sein.

Das Haus war zerfallen, der Schimmel kletterte an der ehemaligen Pracht hoch, und sie waren nix und niemand mehr. Nur der Dünkel und eine unfaßbare Borniertheit hielten das Selbstbewußtsein noch zusammen. Ihr Sohn kam von dort und hatte den Erdball dreimal umrundet, so entfernt war er ihnen und sie ihm. Sie warf mir ein Stück Hammelzadder auf den Teller, meinem Mann stieg das Blut in den Kopf, und ich mußte lachen. Sie konnten mir nichts tun, nichts. – Und dann saß sie doch eines Tages an unserem Tisch, und dann kam doch der Mittag, da wir unangemeldet hereinschneiten und ihr Sächelchen auf die Bettdecke legten, und ich hielt sie im Arm, und sie weinte auf meine Hände, vor Freude, wie sie sagte. Und schnatterte mit mir mehr als mit ihrem Sohn.

Das von damals ist natürlich nicht wahr. Es hatte geheime Gründe, sie war falsch informiert worden. Und da sie sich selber in ihrem ganzen Leben niemals in Frage stellte, sprechen wir nun auch nicht darüber, und sie erzählt von mir als von einem ihrer Kinder. Wir haben das damals ganz gut überstanden. Es hätte nur nicht bei Fluch und Ausgrenzung bleiben dürfen. Nicht einen Augenblick habe ich geglaubt, dies wäre unbeschadet hinzunehmen. Obwohl wir dachten, wir brauchen nichts auf der Welt als uns.

ICH VERKNOTETE PERSON
IN DEINEN ARMEN KRIEG ICH LUST
DU ZAUBERST AUS ZWEI KÖRPERN
EINEN DEIN BEIN IST MEIN BEIN
ARM UND KOPF, WÄRME HINÜBER HERÜBER
WUNSCHLOS
OHNE BEGIER LIEGEN WIR SO UND
SCHWEIGEN UNS
IM LEICHTESTEN SCHLAF
VOLL VON BILDERN

Ich war nicht mehr jung, hatte schon geboren, mein Bauch war mir für ihn nicht straff genug, waren meine Brüste nicht zu üppig? In jener Zeit der ersten Jahre mit ihm leuchtete ich vermutlich von innen und lief wie auf Federchen. Da ich alle Leute anstrahlte, machte ich auch manchmal die Frauen traurig. Ich ging wohl bettwarm durchs Leben und eine Zeitlang brauchte ich nichts als ihn. Der Satz ist zu glatt.

DU BIST SCHÖN GEWORDEN IN UNSERER
LIEBE
ERWACHSEN, ZUSTÄNDIG FÜR DAS UNIVERSUM FRAU
UND NOCH IMMER DIESER STREUNENDE
LANDSKNECHT DER SIEGEN WILL
EROBERN, SEINE ZÄHNE IN FLEISCH HAUN
UND AM LAGERFEUER SITZEN
DIE WAMPE VOLL ANGST

Der alte, ungesättigte Wunsch nach Kühnheit tauchte wieder auf. Er bemerkte die ersten Signale und bestärkte mich.

Eines Tages drückte ich ihm ein Kuvert in die Hand, voll von ungedruckten Gedichten. Ich rannte auf die Straße, ich wollte nicht dabei sein, wenn er sie las. Draußen und im Dunkeln erst wurde mir der Umfang dieser Offenbarung klar. Wenn er ablehnt, was ich aufgeschrieben habe, oder es mißversteht, es gegen mich benutzt, dann wird nichts sein wie vorher. Möglich war alles.

DEN ICH LIEBE
DER HAT ZWEI SCHLANKE FÜSSE
GROSS
DIE LEG ICH MIR BEI GUTWETTER
IN DEN SCHOSS
EINS WÄRMT DAS ANDRE
OBEN REDEN WIR ÜBER WAS ANLIEGT
MIT SOLCHEN FÜSSEN KANN MAN WEIT
GEHN
FÜR JEMAND
LANGE SCHRITTE TUN
KANN SICH SPUTEN
SCHÖNER FUSS
ABER WENN ER IHN DRAUFSTELLT
PASST DRUNTER MEIN GANZES HERZ

Dem ersten Buch folgte das zweite, und ich fing an, mich freizuschreiben. Er ermutigte mich nicht nur mit Worten. Gegen die Üblichkeit übernahm er alles, was mich abhalten konnte: Den ganzen aufwendigen Krempel im Alltag, er kaufte ein, kochte, organisierte, regelte, fuhr mich mit dem Auto, weil ich mit Unbehagen feststellte, daß ich beim Autofahren nicht mehr abschalten konnte und Situationen herbeiführte. Er behandelte mich niemals wie ein Weibchen oder nur als ein Weib, er war, wenngleich noch voller Mißtrauen, das denkende Wesen neben mir, das voraussetzte, ich könnte Feuerbach von Churchill unterscheiden und hätte zwei Augen, die soviel Leben sehen, daß ein eigenes Urteil über den Stand der Dinge im eigenen Land zustande kommen würde. Nicht so einfach, nicht gleich auf Anhieb und als Gegenteil von früher Gedachtem, aber als Denkprozeß, der jeden Tag weitergeführt wurde.

Atemzug um Atemzug sammelten wir die Erfahrung gegenseitiger Zuständigkeit. Dorthin zu gelangen, war schwer.

WENN ZUVIEL IST VON DRAUSSEN
REICHT HIER DRIN NICHT AUS
UM SCHLÄGT DIE NÄHE, ZU GROSS,
IN FERNE ZU KLEIN
DAS HERZ PUMPT HOFFNUNG, SUCHT STREIT
HOLT SICH TRAUER ÜBER WORTE,
FINDET WAHRHEIT
SICH AUF GEBEN BEINAH
UND EINANDER
DASS MAN NEU FINDET BEIDES
BIS MAN VORÜBERGEHEND VERGISST
ALLE FLUGZEUGE FALLEN VON
ALLEN HIMMELN
ALLE, DIE WIR LIEBEN, SIND STERBLICH ...

Unsere getrennte Lebenserfahrung lastete auf den einfachen Wahrheiten, die nie einfach angenommen wurden. Wir mußten uns jeder ein neues Bild von uns selber machen, und das vom anderen war auch vorschnell gefunden: Ich hatte mir früh eine Person ausgedacht, die ich spielte, bis ich das nicht mehr wußte. Im Streit mit ihm ging der Lack ab, drunter vor kam ein Mensch, der toben und sein konnte, ach!

ICH SAGE ZU DIR WÖRTER
DIE ICH VERABSCHEU
SAGE, DASS ICH DICH VERLASSE
WÜRDE GERN SAGEN, DU SOLLST TOT SEIN
ODER EIN DRECKIGER STEIN
SO ALSO BIN ICH, WENN ICH LIEBE
WIE WAR ICH DOCH FRÜHER GELASSEN
DICH LIEB ICH SO, DICH KANN ICH
MANCHMAL NUR HASSEN

Er hat mich beredt gemacht, mich geöffnet, er hat die Steine aufgehoben, die auf der Fähigkeit lagen. Ich weiß, daß meine Kraft sich an ihm aufgerichtet hat, ehe auch ich Kraft geben konnte, innere Sicherheit. Steinchen um Steinchen aber schotterte sich der Weg. Mir scheint manchmal, wir haben jeden mit Tränen gewaschen. Sentimentaler Unfug. Wir haben gerauft, sind hinter bereits gesicherte Erkenntnisse zurückgefallen und waren im Disput an der Grenze dessen, was man nicht zurücknehmen kann. Zuerst schien uns, man müsse dies dann bis zu einer lupenreinen Klärung austragen. Aber das geht nicht. Zwei Leute, die sich lieben und miteinander leben, sind sich immer Dank schuldig, und keiner von beiden verdient es, schlecht behandelt zu werden. Die Liebe kann auch rosten. Bei uns war das nicht möglich, jeder Tag brachte Risiken, stellte uns vor neue Probleme, wir bekamen von der Tochter eine Tochter, die wir beide liebten, und ich sah wieder einen anderen Mann. Er behandelte sie vom ersten Lebenstag an sowohl völlig ergeben, mit äußerster Sicherheit, als auch keusch. Ein weibliches Wesen, dem er seine unbedingte Treue und seinen unbegrenzten Sinn für Spaß vermittelte, aber auch, daß er jemand ist, der immer eine Lösung findet. Nicht seiner Reaktionen, aber seiner Liebe ist sie sicher. In diese Art, mit einem Kind umzugehen, ohne es je für die eigene Autorität zu mißbrauchen, in diesen spielfähigen phantasievollen Mann verliebte ich mich, sobald ich die beiden zusammen sah.

Deine Landschaft, meine Landschaft. Wo wir lebten, war es nicht die seine, nicht die meine. Deine Art, zu lieben, meine Art. Ein langer Weg in die Zärtlichkeit, die Obhut, die Fähigkeit, sich zu überlassen. Ohne ihn hätte ich es nicht geschafft. Es war seine ständige seelische und geistige Präsenz, die mir das Leben anstrengend machte, mich auch nicht in Ecken entweichen ließ, denn er spürte mich immer auf. Aber dieser Anspruch formte mich noch einmal. Ich wurde weniger weitschweifig, blieb lobsüchtig, ich gewann Arbeitsmethode und die Fähigkeit, mich auf eine Sache zu konzentrieren.

Ich wurde vielleicht ernster, karger. Aber es kam aus dem Übermut, daß ich mich übernahm mit Aufgaben, von denen ich heute weiß, daß sie überflüssig waren. Ich ließ mir aufhalsen, und als er dagegen murrte, war es fast zu spät.

UM MITTERNACHT MEIST, AUF NACKTEN
SOHLEN
GEH ICH MIR NOCH MAL LEBEN HOLEN
STUMM SCHLÜPFTE ICH IN DEIN BETT
ABGESCHABT, SCHLECHT DURCHBLUTET
UND VERHÄRMT
MEHR KANN MAN NICHT KRIEGEN VON
DER WELT
ALS DASS EINEN EINER DANN DURCH-
WÄRMT
EIN HAUS MACH ICH MIR AUS
DEINEN ZWEI ARMEN, DEINEN 1 METER
TIEFEREN FÜSSEN
ICH HABE DICH, NUN UNGLÜCK FINDE
MICH
NOCH EINE HALBE STUNDE UND ICH
BIN EIN HELD

Ohne ihn hätte ich es nicht geschafft. Hätte ich es nicht geschafft, wären wir nicht mehr zusammen.

Es kam die erste Niederlage. Da standen wir am Abgrund, mal berührten sich unsere Finger, mal sah es aus, als wolle einer von uns springen – oder den anderen stoßen? Die Liebe tat weh und war ratlos, suchte nach Worten, wollte abhauen in fraglose Idylle, wollte sich nicht stellen. Nicht auch das noch. Zu allem auch noch das. Ein Konflikt, in dem Ja so falsch war wie Nein.

Das Leben war uns eine Zeitlang leicht von der Hand gegangen. Das Kind, die Bücher, öffentliche Funktionen, bißchen wenig Freizeit, kaum ein Sonntag, fast nie ein Tag Urlaub. Aber wir hatten keine Sorgen, stahlen uns doch Zeit für uns, nahmen die knappe umso kostbarer. Die Gefühle hatten sich nicht verschlissen, sie lebten sich nur schwierig aus, wenn die Zeit gefährlich schmal wurde. Dann wurden wir nervös und krachten uns, fast immer um fast nichts.

An meiner ersten Niederlage waren viele und vieles beteiligt, aber wir beide auch. Waren wir hochmütig geworden, fühlten wir uns unverletzbar? Oder hatten wir zuviel zu verlieren und wollten uns deshalb nicht der Gefahr aussetzen, alles verlassen und alles verlieren zu müssen, was uns wichtig war? Auch das Zuhause, auch die Töchter, die Enkelin, die Arbeit, und jenes Ideal, das sich immer schwerer mit der Wirklichkeit vertrug, aber wir waren noch nicht so weit, es aufzugeben.

Die historische Lage verlangte ein klares Ja oder Nein, und wir hatten es nicht parat. Wir dachten noch immer, wenn der Grundgedanke richtig ist, dann müßte es gehen. So zwar nicht, zum Verzweifeln so nicht, aber mit anderen Leuten, mit anderer Art? Wir dachten, es wird nicht gehen.

Es gibt Situationen, in denen kein Beteiligter die Chance hat, alles richtig zu machen. Wir wissen bis heute nicht, ob wir die Stunde offenen Widerstandes versäumt haben, oder einen Anspruch darauf, nach unserer inneren Uhr und Erkenntnis zu leben.

Es tat weh, es blieben Narben, und die Unbefangenheit in der Bemühung kehrte nicht wieder. Die Sehnsucht nach einem Schuldigen war übermächtig. Aber er war als einzelnes Wesen nicht zu finden. Wir mußten bei uns selber bleiben.

Auch da war allenfalls denkbar, selten schon möglich, daß wir nackt nebeneinander liegen und uns sagen, wo der eine, wo der andere nicht weit genug gedacht hatte. Daß man es sagt, einfach so. Und der andere schlüpft daraufhin nicht in seine Rüstung, sondern denkt mit, sagt vielleicht gar nichts ...

DANN LIEBE ICH DICH ...
GESTERN, WEISST DU, HABEN WIR DIESES
ALTE WORT ABGESCHAFFT
HEUTE HOLE ICH ES AUS DEM WARTESAAL
DER EWIGEN DINGE
DIE SICH MANCHMAL ZURÜCKZIEHN AUS
SCHAM ODER DORTHIN ABGESCHOBEN
WERDEN

Erfahrung um Erfahrung baute sich unsere Eitelkeit voreinander ab. Aber wir wurden nicht geschwisterlich, wir wurden nicht ungenierte Verwandte, denen es nichts ausmacht, sich voreinander gehenzulassen. Noch immer, wenn er auf der Straße auf mich zukam, wollte ich ihn haben.

Sein Charme entzückte mich wie am ersten Tag, sein Witz, eine Mischung aus Selbstironie und genauem Hinsehen, auch aus Bosheit, manchmal, aus Angriffslust und Enttarnung.

Ich dachte, das ist es. Du kanntest es nicht, aber nun weißt du es. Darüber geht nichts, und nichts ist dem vergleichbar. Er hat dich dem Zahnarzt zugeführt, den großen Hund abgehalten und sich für dich geschunden.

Du auch, du auch, aber das muß nicht immer als Ergänzung angehängt werden. Er hat dich nicht in Ruhe gelassen, wenn du dich um die größere gedankliche Mühe herummogeln wolltest. Sein Gesicht auf dem Flugplatz, seine Augen über dem Krankenbett, seine Hand damals, bei den Schmerzen, seine nackten langen kalten Beine, als er dich ohnmächtig im Badezimmer fand. Seine Tränen, als du gut warst, sein Mut, als er dir gesagt hat, das war es nicht, das war schlecht, das war empörend schlecht. Du wolltest gerade aufbrausen und ihm beweisen, daß es genial war, da hast du gesehen, wie eng ihm der Hemdkragen war und der Schweiß stand ihm auf der Stirn.

Man konnte es wirklich besser machen, es war empörend schlecht gewesen. Er kann lieben, und durch ihn weißt du, daß du auch lieben kannst. Aber wie hätten wir eigentlich gelebt, und wo, wenn uns die Welt offengestanden hätte? Hätte ich woanders denselben Erfolg mit meinen Liedern und Gedichten und Geschichten gehabt, dann wäre geliebte Landschaft denkbar gewesen und ein leichteres Leben, mit zunehmendem Alter.

Es ist so nicht gewesen, und so ist es nicht. Er steht in der viel zu kleinen Neubauküche und erkocht uns Genüsse, die könnten woanders nicht größer sein. Wir sind vorsichtig, es hat keinen Sinn, darüber tiefer zu grübeln. Wir blieben und beschieden uns und hatten maßlose Erfüllung, jeden Jux, die Langeweile hat uns nie gestreift.

Nun ist dieses Land zugrunde gegangen, es fällt einem anderen, sogar ohne Appel und Ei, in den Schoß. Wie oft haben wir das prophezeit, aber wir haben es nicht wirklich geglaubt, zu lange nicht. Es ist aus, es ist zu Ende. Der Vorhang teilt sich, aah! Die Welt, erkenne sie, erfahre sie und empfinde die Herausforderung. Wir kannten sie aber vorher schon. Und vergiß! Leb und vergiß? Nein, nichts werden wir vergessen. Hier hat unsere Liebe angefangen, da waren wir schon über vierzig und haben auf kein Wunder mehr gehofft. Hier wollten wir raus und sind geblieben, und hier haben wir uns in all den Schmerzen und Erkenntnissen und den Hoffnungen der jüngsten Zeit noch einmal neu erfahren und erkannt.

Als ich jünger war, dachte ich, die Sehnsucht altert mit uns, und eines Tages ist sie alt und schwach.

Das war ein Irrtum. Die Empfindungen haben sich freigebrannt, sie sind möglich. In einer langen Liebe muß man nicht dauernd schreckhaft auf der Lauer liegen, ob man nicht sträflich einen Lockruf verpaßt. Wir konnten am Anfang eigentlich keine Minute ohne den anderen sein, aber wir schufen uns dennoch getrennte Bereiche, jeder hatte seinen. Ich will allein sein, wenn ich lese, fernsehe, denke, schlafe. Aber wir lassen meist unsere Türen weit offen, auch nachts. Neben dem seinen liegt ein Kissen für mich, ich habe eine zweite Bettdecke für die langen Beine handnah.

EINMAL WIRD SEIN EIN VIERECK IM BODEN
UND ALLE DIE KÄSIGEN MONDE
ALLE DIE REGEN WERDEN UNS HELFEN
DASS WIR ZUSAMMENGEHN
UNS VERFLECHTEN DEM LEBENDIGEN
TRÖSTLICH BLÜHEND

Das Viereck gibt es schon. An einem verregneten Samstag gingen wir über einen alten Friedhof, suchten uns eine schöne Stelle und entschieden uns für einen hellen Stein. Auf dem stehen unsere Namen und unsere Lebensdaten. Wir waren heiter, als wir gingen, wir spürten, wie wichtig es für uns war, zu denken, wer die Trauer hat, soll nicht auch noch alle Arbeit haben.

Es gab Befremden, auch in der Familie. Die Tabus sitzen tief. Bekannte lachten verklemmt, wenn sie beim Spaziergang das Grab zufällig sahen.

Na und?

WIR HABEN GELEBT MITTEN UNTER EUCH
UND HABEN UNS GELIEBT, WAREN
ARBORETUM, IN DEM ALLES WÄCHST,
SICH AUF TUT ALLEN
UND GEHEIMNIS BLEIBT

In anderen Umständen

Als sie es mir sagte, sah ich in ihren Augen einen Glanz, der mir bekannt vorkam. So sah die Dreijährige aus, als sie mir erklärte, daß sie niemals woanders schlafen werde. Die Augen der Sechsjährigen waren so, als sie nach dreimaligem Besuch die Christenlehre für beendigt ansah. »Ich bin kein rechter Sündenknüppel«, sagte sie, und »so was sing ich nicht.« Damit hatte sie den schwelenden pädagogischen Konflikt zwischen ihren Eltern entschieden.

»Soll ich dir einen Kaffee kochen?« fragte sie nun, aber das zog diesmal nicht.

Ich sagte: »Ich bin jung verheiratet. Ich wünsche darin nicht gestört zu werden.«

Sie sagte: »Diesen habe ich nicht rausgegrault. Das mußt du zugeben.«

Ich sagte: »Du warst zu sehr mit dir beschäftigt. Es ist dir unterlaufen, daß ich glücklich geworden bin. Ich liebe meinen Mann.«

Sie sagte: »Er ist ja auch sehr nett.«

Ich sagte: »Ich habe Lust, Großmutter zu werden. Aber mach mich gefälligst nicht zur Mutter. Ich bin nämlich jung verheiratet. Und ich liebe meinen Mann.«

Die Augen meiner Tochter nahmen die Farbe von bitterer Schokolade an.

Sie sagte: »Ich bin dreiundzwanzig Jahre alt. Es wird höchste Zeit für ein Kind. Ihr habt damit überhaupt nichts zu tun. Ihr sollt die Freude haben, nicht die Arbeit.«

Ich sagte: »Apropos Arbeit. Bei deinem Vertrag für freie Mitarbeiter treffen vielleicht nicht alle Vergünstigungen für werdende Mütter auf dich zu.«

Sie sagte: »Das bringe ich in Ordnung.«

Nun hätte ich denken können, sie bringt es in Ordnung. Diesen Satz kannte ich aber fast ausschließlich in unwilligem Ton vorgebracht, der mich ablenken sollte. Und wenns kein Thema mehr war, war auch keine Dringlichkeit gegeben, der Sankt Nimmerleinstag läßt grüßen.

Ich sagte: »Bist du sicher, daß du einen Vater für das Kind hast? Oder hängst du noch immer der Theorie an, daß ein Kind besser ist als gar kein Mann?«

Sie sagte: »Es ist alles nicht so einfach.«

Ich sagte: »Es gibt Kinder, die möchten einen Papa haben. Denk ja nicht, daß ein Großvater dasselbe ist. Und du kriegst ihn auch nicht. Er gehört mir und ist mein schöner Geliebter und nicht irgendein frei verfügbarer Opa.«

Sie sah mich an, als ob sie ihn auch gar nicht wolle, als ob vor ihrem geistigen Auge eine Galerie erbötiger Väter vorbeitrabt, und wozu auch braucht ein Kind einen Opa. Männer gibts wie Mist. Das war einer unserer frechsten Sprüche, als wir ausprobierten, Freundinnen zu sein, was mir nichts an Mühe nahm und alle Verantwortung ließ, ihr aber einiges an geringerem Abstand einräumte.

Ich erfuhr nicht, welcher Art der Konflikt war, in dem sich meine Tochter befand. Der Mann konnte verheiratet sein, irgendwo einsitzen, sie konnten schweigend aufeinander zugegangen und sich namenlos getrennt haben – aber das sind so die Vorstellungen, die alle Ahnen von der nächsten Generation haben, ehe die sich unvermutet als bieder herausstellt.

Meine Tochter würde gewiß als erstes mit dem Stolz einer Gräfin, die die Schloßtreppe herunterfällt, auf jede materielle Unterstützung verzichten. Sie war dazu spontan genug und hatte keine Angst. Das quoll mir bitter auf. Es steckte nichts dahinter. Kein Wille, sich notfalls auf den Knien schrubbend durchzubringen. Und es war meine Schuld. Sie hatte nicht die Erfahrung einer letzten Scheibe Brot, es gab immer einen Ausweg und immer denselben. Sie würde sich die eindrucksvolle Geste des Verzichtes nicht entgehen lassen, und da sie Not nur aus Büchern kannte, war es gewiß nicht der letzte Groschen, um den sie fürchtete.

Ich sagte: »Du hast eine unerträglich laute Einraumwohnung ...«

Sie unterbrach mich: »Als ich da eingezogen bin, fandest du sie nicht unerträglich laut, sondern mich unerträglich, weil ich sie laut fand.«

Da hatte sie recht. Sie wollte sich abnabeln und eigene vier Wände haben und hatte dafür keinen Finger gerührt. Sie hätte gar nichts tun können, ihr stand kein Antrag auf eine eigene Wohnung zu und es gab niemanden, bei dem sie auch nur ein Formular hätte abfordern können.

Ich denke nicht gern daran, wie ich die Klinken putzte, antichambrierte und auch herumlog, ich wolle die Wohnung aufgeben, müsse aber erst die Tochter versorgen. Wir hatten keine Auswahl, und ich hatte dankbar zu sein, aber ich mochte die Straße nicht und nicht das riesige Denkmal auf dem Platz vor ihrem Fenster, das Haus war neu und schlampigst gebaut, und es war eine der Wohnungen, in denen man nie wirklich heimisch wird.

Ich fuhr fort: »... und rauchst. Außerdem treffen sich bei dir Hunderte von finanziell und seelisch bedrängten Freunden, denn erstens bist du sehr neugierig und kannst gar nicht genug untypische Lebensläufe erfahren, zweitens gibt es bei dir immer was zu essen. Warum willst du gerade jetzt ein Kind?«

Über ihre Augen huschte etwas, das sie schnell unterdrückte und vor mir verbarg. Es schien doch einen Papa zu geben. Kummer auch. Vielleicht hatte er gar keine Ahnung. Wie romantisch! Leidvoll und vermutlich blödsinnig.

Sie sagte: »Also gut! Ich lasse mir in der Klinik einen Termin geben. Wahrscheinlich hast du wieder einmal recht.«

Oho! Bin ich die Mörderin ihres Glückes, wenn sie denn glaubt, es sei eins? Und ich soll es also gewesen sein, die ihre Entscheidung herbeigeführt hat, so einfach, so nach ein paar Sätzen hin und her? Daß man sich also künftig auf mich herausreden kann, an einsamen Abenden und vielleicht sogar, wenn der jetzt befragte Zustand nie wieder eintritt? Natürlich war mir unbehaglich. Ich war eine Frau, eine Mutter, beschäftigt mit der Suche nach dem Ich und dem Du und soeben zum ersten Mal in der Lage, nicht alles nach anderen Familienmitgliedern einrichten zu müssen, nicht ständig präsent zu sein, wunderbar, aber ich lasse mich hier nicht zur Kommission ernennen, die deinem Antrag zugestimmt hat. Du sollst entscheiden, du selber.

Ich kochte Kaffee, so schwach, wie ich ihn hasse.

Über die Tasse hinweg musterte ich mein geliebtes Kind mißtrauisch. »Gib mir schriftlich, daß ich nichts damit zu tun haben werde. Ich sammle Krimis. Die Abende sind zu kurz für all mein Glück. Ich will endlich mal alle Sinfonien hören. Er will auch Sinfonien hören. Du kannst alle paar Wochen mal klingeln, dann gucke ich durch den Briefschlitz und sehe mir dein Kind an.«

Sie sagte: »Ich sterbe vor Gier auf Gurkensalat.«

Es war Januar. Da gab es keine Gurken im volkseigenen Handel. Ein bekannter Engpaß, dem schwer beizukommen war.

Meine Tochter vertilgte soviel Gurkensalat, wie in der großen Knödelschüssel Platz hatte. Ich saß ihr gegenüber und hatte Angst. Daß sie sich den Magen verdirbt, und um sie, um mich, um uns.

Und wie es in ihrer Wohnung aussah. Die verqualmte Tapete konnte man zwar vor Plakaten, Postern, Fotos und Stichen kaum sehen. Aber die Brandlöcher in den Sesseln und im viel zu hellen Teppichboden durchaus und die vielen Kerzenflecke erst recht.

Wo sollte das Kinderbett stehen? »In der Loggia, da hat das Kind viel Licht.« O ja, nicht nur viel Licht, auch viel Kälte im Winter und viel Hitze im Sommer, und Tag und Nacht viel Lärm von der maximal frequentierten Kreuzung Leninallee.

»Nun ja«, sagte mein Mann, »das mit der Loggia ist natürlich so eine Sache. Verglast ist sie ja, aber das ist auch das einzige. Man müßte wenigstens einen Holzfußboden legen.«

»Sie hat sich Bedenkzeit bis zum Zwölften genommen«, sagte ich, »für diesen Tag hat sie einen Krankenhaustermin. Sie wird es sich überlegen. Und uns geht das alles nach wie vor nichts an.«

Der Zwölfte rückte näher. Mein Kind weinte am Telefon.

»Es ist so, als ob ich das Kind schon kenne.«

»Es ist noch kein Kind.« – »Woher weißt du das, Mama. Und du hast es mir von dir selber ganz anders erzählt.« – »Hast du schon irgendwas für dieses Wesen getan? Hörst du auf zu rauchen, ißt du regelmäßig, schläfst du vor Mitternacht, hast du deinen Arbeitsvertrag – und was ist mit der Loggia?«

Sie schwieg. Und warum weinte ich? Ich weinte, weil ich wußte, daß sich mein Leben nun noch einmal ohne mein Zutun ändern würde, und es sollte doch lange so bleiben, wie es sich eben gefügt hatte. Die Kinder waren groß, endlich war ich mal dran – hatte ich gedacht. Sie sagte, es gäbe keine Gurken. Ohne Auto waren Gurken wirklich kaum zu beschaffen. Wir fuhren mit der gefüllten Schüssel am Leninplatz vor, ich blieb im Auto sitzen, aus Furcht, sie mit der Zigarette im Mund anzutreffen oder mich festzusetzen.

Der Zwölfte ging vorüber. Wenig später wurde ich nachts wach und wußte, daß meine Tochter nicht schlafen konnte. Ich rief sie an und sagte: »Steh auf, da staut sich nur das Blut in den Adern. Mach Wechselduschen, dann leg die Beine hoch, oder komm her.«

Meine Tochter fragte nicht: »Woher weißt du?« Sie kam, mitten in der Nacht, verfroren, verheult, verqualmt.

Sie schlief sofort ein und strahlte beim Frühstück am nächsten Morgen, ohne nächtliche Verzweiflung oder gute Laune zu erklären.

Es wurde ein heißer Sommer, anstrengend nicht nur für Schwangere. Sie litt unter der Hitze und wurde dennoch immer hübscher. Abgesehen davon, daß sie schlecht angezogen herumlief, ungemäß in ständig weitergereichten Klamotten von Freundin zu Freundin. Wir gingen in das einschlägige Geschäft, in dem die gleichen Modelle neu herumhingen, schlechte Stoffe, unsägliche Schnitte, dunkle Muster. Man mußte lange suchen. Mir schien, daß sie sich schon einmal mehr gegen Geschenke gesträubt hatte, seit sie darauf bestand, selbständig zu sein.

Wenig später traf ich bei einem ungeplanten Kurzbesuch einen jungen Sachsen, der sich ziemlich sicher in der Einraumwohnung bewegte. Wir wurden einander vorgestellt, plauderten herum, aber ich konnte ihn ja nicht gut fragen, ob er vielleicht der unbekannte Papa sei. Unter einem Vorwand wurde er von ihr aus dem Zimmer gerufen, es gab einen gezischten Wortwechsel und unterdrücktes Lachen, aha. Ich kam mir vor wie die Witzblattfigur Schwiegermutter und wollte eben gehen, als er reinkam und eine bedeutende Äußerung tat: »Tjaaa.« In sächsisch. Dies konnte doch aber das Problem nicht sein. Ich hatte mir immerhin auch einen, allerdings hochdeutschen, Sachsen-Anhaltiner erobert. Wo also lag die Schwierigkeit? Er war Student. Wenn weiter nichts ist. Was studiert er denn, unser Student? Theologie, und er bereitet sich vor, Pfarrer zu werden. Wie seine Väter und Urväter, eine Kette, eine ehrwürdige Dynastie, und er, unser Student, war deren jüngster Zweig, von dem man sich recht grüne Blätter erhoffte. Recht grün schienen sie mir alle beide, wie sie da so vor mir saßen.

Was sagten die Seinen? Sie hofften, daß aus der Sache nichts würde. He, warum denn nicht, wo leben wir denn? Und aus welcher Sache? Das eben stand nicht fest. Mama und Papa waren sich weder einig, ob sie sich liebten, noch, ob sie je heiraten würden, selbst wenn sie sich lieben sollten.

Ich werde doch keine Landpastorenfrau!

Ich kann doch meine Leute nicht so enttäuschen. Und was sagen denn Sie, was sagst denn du. Was sollte ich sagen? Wußte ich, was der Junge denkt, was sie fühlt und umgekehrt? Er sah gut aus, und man konnte mit ihm reden. Mir schien, er war von angenehmem Wesen. Unsre lange und gute Freundschaft konnte ich noch nicht ahnen, nicht unsere Skatabende und nicht seinen Trost, als ich ihn einmal brauchte. Ich wußte noch nicht, daß wir über dieselben Dinge lachen würden und es auch möglich war, sich mit ihm offen zu streiten.

Ich sah einen jungen Mann in abgeschabten Jeans, mit langen Haaren und ausgewogener ruhiger Art des geistigen Habitus. Er darbte sich durchs Studium und verdiente sich das nötige Geld durch Gesang und Spiel in einer Beatband namens »Babylon«. Die war nicht leiser als eine aus Atheisten.

Ich sah, daß er sie liebte, und ich hätte verstanden, daß sie ihn liebt, aber sie wollte ihn wohl nicht lieben und schaffte es nicht ganz, ihn nicht zu lieben. Sehr kompliziert!

Ich hatte mit siebzehn einen geheiratet, von dem ich erst nach der Hochzeit merkte, daß er seinem blutjungen Leutnantsstand und anderer vergangener Herrlichkeit nachtrauerte. Wir hatten uns über Nietzsche, Opern und Jungfräulichkeit unterhalten, deren Wert über allem stand. Ich verfügte über diese Aktie und gedachte sie nicht ohne Höchstwert zu veräußern. Deswegen wollte er mich heiraten. Um an etwas heranzukommen, das anders nicht zu kriegen war. Mir fiel auf, daß er mir die Hand küßte und mir immer in den Mantel half, aber nicht, daß er Antisemit war. Wir haben über Politik nicht geredet, und als sie zur Sprache kam, hatten wir uns beide schon weh getan und ein Kind, das nun erwachsen war und ein Kind bekam.

Diese beiden schienen sich ausschließlich über Weltprobleme zu mißverständigen. Na, wohl doch nicht ausschließlich, immerhin waren wir im vierten Monat, was heißt Wir, die beiden, auch nicht – meine Tochter! Nicht ohne Schärfe in der Stimme sprach sie über »meinen Zustand«, »mein Kind« und »meine Schwangerschaft«. Ich fand, daß meine Tochter sich ziemlich albern benahm. Was uns anlangte, so stand nirgendwo geschrieben, daß wir die Bündnisse zwischen Andersdenkenden persönlich zu durchkreuzen hätten.

Natürlich hatten wir Bedenken. Toleranz ist ein schönes Wort. Und Alltag ein anderes. Wir hätten viel sagen können, aber von wie vielen Seiten sollte auf diese beiden eingeredet werden? Ein Dozent schenkte Papa beziehungsvoll eine Broschüre mit dem Titel: Jesus für Atheisten.

Die Seinen nahmen den Konflikt sehr ernst. Meine Tochter sollte die Kommunion nachholen und sich zum Glauben bekennen.

Ich dachte, wenn sie das verlangen, wird sie es nie tun. Nicht einmal, wenn sie nachts die Hände falten sollte, um sich wie ein Kind an jemanden zu wenden, der helfen kann.

Wir verlangten nicht, daß sie ihre Gefühle durch Trennung ins Tragische steigern sollten. Wenn sie sich wollen, dachte ich, dann kriegen sie sich sowieso. Wer hat denn heutzutage ein Machtmittel gegen Liebe?

Gegen Papa war entweder gar nichts oder eine Menge einzuwenden. Zum Beispiel sein Wohn- und Studienplatz in Leipzig, immerhin fast 200 km entfernt. Aber er rannte mehrmals in der Woche von der Vorlesung zur Autobahn und schwang sich auf oder in jedes Gefährt nach Berlin, das er im Morgengrauen wieder verließ. Er kühlte kribbelnde Waden, stellte frische Blumen hin, wusch das Geschirr ab und ließ sich lange ziemlich schlecht behandeln. Das fand ich, er fand das nicht.

»Du mußt sie doch auch verstehen«, sagte er zu mir, zu mir. Die Sache mit dem Arbeitsvertrag ging endlich auch in Ordnung, ehe die Frauen im Betrieb meiner Tochter den Männern den Schreibtisch umkippten. Die hatten vielleicht nicht so wahnsinnig viel Lust, schon wieder eine Frau an den Betrieb zu binden, deren Fehlstunden, Sonderurlaub und Schichtunfähigkeit gesetzlich vorgesehen waren.

»Du hundertjähriges Gör« nannte Papa meine Tochter in einem seiner Gedichte, die allesamt sinnlich und irdisch wirkten. Endlich trafen sich in unserer Wohnung Familienteile aus beiden Lagern zur Beratung. Aber ein Rat schaute dabei nicht heraus. Die einen hatten die eine, die anderen eine andere Meinung. Wenn er Pfarrer wird und aufs Land zieht, nimmt sie ihn nicht, das Stadtkind. Um das zu tun, sollte er sie nicht wollen, Pfarrerskind. Sehr interessant, dabei konnte man sich lange aufhalten – und übrigens zusehen, wie die Verbundenheit unter solchen Schwierigkeiten wuchs.

Aber die Tapeten waren noch immer dreckig, und Papa hatte in Prüfungen zu sitzen und Einsen zu erbringen, denn sollten wir uns nachsagen lassen, daß wir ihn zu niederen Sklavendiensten mißbrauchen, während er doch zu Höherem aufgerufen war? Meine Freunde, sagte meine Tochter, wollen alles malern. Soweit ich mich erinnerte, wollten die schon eine ganze Menge, es hatte nur jeweils nicht geklappt. Können die überhaupt malern? Natürlich, klar. Das war demnach die neunhundertneunundneunzigste Tätigkeit, die von denen gekonnt und unterlassen wurde.

Als ich erfuhr, daß es »morgen früh losgeht«, nahm ich mir vor, mich einfach nicht darum zu kümmern. Gegen Mittag des nächsten Tages bestätigte sich durch ein Telefonat, es werde allen vor Hunger der Pinsel aus der Hand fallen. Wölfe können sich nicht geschwinder über einen Wandersmann hermachen, als diese Truppe über meine Grillhähnchen und Flaschen. Irgendwas hatte auch mit der Decke nicht geklappt, sie war scheckig, und die Tapete reichte nicht. So wurde es also ein kollektives Wochenende, ein Biwak mit geschlossenen Fenstern, zum Umfallen, bei dreißig Grad Außentemperatur. Während ich noch in langer Schlange im Warenhaus am Alexanderplatz nach Tapeten anstand und nicht wußte, ob ich dieselbe noch vorfinden würde, brachte mein Mann erst mal die Decke in Ordnung. Als sich das Wochenende neigte, waren wir über den Berg.

Aber was macht man mit so einer undienlichen undurchdacht gebauten Loggia, in der man allenfalls im Sommer die Blumentöpfe abstellen kann?

Eine Schwangere kann gar nichts mit einer Loggia machen. Aber wir waren ja nicht schwanger. Also besorgten wir einen Fachmann, einen mit der Berechtigung, stromführende Kabel zu bearbeiten, das machte ihn zu einem teuren Mann. Wir trieben außerdem einen im Handel kaum auffindbaren Zentralheizungskörper auf und sogar noch eine Sauerstoff-Flasche. Alles zusammen wog sicher soviel wie drei Elefanten und mußte zu Fuß in den zehnten Stock geschleppt werden, denn der Fahrstuhl war ein nur manchmal selbsttätiger, meistens aber defekter.

Endlich lagen zwei Männer in körperwidrigen Verrenkungen in der schmalen Loggia und brachten sie innerhalb eines Wochenendes in einen beheizbaren Zustand. Mit blutenden Fingern und abgesengten Augenbrauen bekam ich meinen schönen Geliebten als Hinkenden und Zerschlagenen wieder. So kehrte Amphitrion der Alkmene nicht heim. Die paar hundert Mark, die es gekostet hatte, schenkten wir dem Kind, weil es seiner Mama so tapfere Fäustchenschläge versetzte. Bei all unseren Verrichtungen saß meine Tochter als strahlende Zuschauerin dabei. Sie wurde immer umgänglicher, ließ sich aus dem Weg schieben, füttern, von der Arbeit abholen, bekochen, massieren, in die Badewanne stecken und zum Arzt bringen. Sie verlangte nichts, nahm aber alles, was man ihr gab. Wenn sie zur Tür hereinkam, bekam jeder gute Laune. Sie war lange nicht so schön gewesen.

Manchmal saß sie wie früher neben meinem Schreibtisch und las, während ich arbeitete. Es war still zwischen uns wie in den besten Zeiten. Die Gedanken strömten wieder wie ohne Mühe von der einen zur anderen, und dieser Strom trug alles fort, was nach der schönen Kindheit und vor dem schönen Erwachsensein auch gewesen war: Mißverständnis, Gekränktheit, manchmal zu laut und zu oft geäußerte mütterliche Sorge. Dreinreden, auch wenn man es sich anders vorgenommen hat. Intoleranz durch die Art, auch wenn man in der Sache recht hat. Rechthaben ist auch eine Frage des Zeitpunkts. Laura Marie, ein schöner Name für ein Kind, oder David Paul.

Das wundersame Wesen

Als wir uns kennenlernten, war zwischen uns eine geschlossene Scheibe.

Laura Marie sah aus wie ein kleiner Affe, der schlechte Laune hat. Sie schien mir sehr schön, aber nicht besonders hübsch. Ein faltiges, mürrisches Gesicht, die Augen waren zugekniffen, Unmutsbuckel kräuselten die Stirn. Die Haare standen ihr zu Berge, die Hände waren zu Fäusten geballt.

Sie hatte es wohl sehr anstrengend gefunden, auf die Welt zu kommen. Sie fand es dann auch sehr aufwendig, sitzen zu lernen, vorwärts zu einem Spielzeug zu kriechen, sich gar aufzurichten und zu laufen. Solange ihr eine Tätigkeit neu war, lamentierte sie ablehnend, schickte sich schimpfend drein, um sie schließlich ermüdend intensiv zu betreiben. Als ich sie das erste Mal berührte und aufhob, überfiel mich wie dreiundzwanzig Jahre zuvor bei meiner Tochter die Angst, ich wäre ein Tolpatsch und würde diesem fünfpfündigen Wesen Schaden tun. Und es schmerzte mich, daß wir uns nicht miteinander verständigen konnten. Sie war wehrlos gegen Nässe, Hunger und Kälte.

Wenn nun meine Tochter aus Jugend, Unwissenheit oder Leichtfertigkeit damit nicht umzugehen wußte?

Ich versuchte, diese häßliche Unterstellung zu unterdrücken. Aber noch längere Zeit hatte ich das Gefühl, daß sich Laura Maries Los entscheidend verschlechterte, wenn nicht ich sie im Kinderwagen durch den Wald schob, wenn nicht meine Erfahrung schon leises Mauzen deutete.

Diese Person gab von Anfang an bebrillten und bärtigen Männern den Vorzug. Sofern wir nicht allein waren. Fiel die Auswahl fort, kam ich in den Genuß ihrer fordernden Liebenswürdigkeit.

Dann richtete sie statt der nachlässigen ihre festen schönen Blicke auf mich. Sie hatte viele Arten, mir Wichtigkeit zu bedeuten. Dann versuchte sie, mich von allen anderen Obliegenheiten abzuhalten, zugunsten einer Unterhaltung, gegen die ich freilich damals auch keine andere eingetauscht hätte.

Sie war so klein, zartgliedrig und dünn, daß die Männer in unserer Familie zunächst nur mit den Fingerspitzen arbeiteten, wenn sie sie wickelten, oder ihr die Flasche gaben. Ich sah die großen Kerlsgesichter mit gespitztem Mund flaumweit von dem strampelnden Wesen entfernt und fühlte neben der Liebe auch einen Anflug von Neid. Schmerzhafter Neid, mit mir war niemand so umgegangen.

Einmal war ich mit Laura Marie allein. Das Kind lag auf meiner Liege, strampelte wie ein Leistungssportler und spielte mit den Fingern. Sie war drei Monate alt, die ersten Hemdchen waren schon zu klein geworden, sie hatte auch bereits gelernt, daß man sich nicht langweilen muß. Es gibt immer Leute, die man sich herbeirufen kann. Sie konnte auch schon Stimmen unterscheiden. Keineswegs bestand sie darauf, herumgetragen zu werden. Es genügte, wenn jemand die Hand in ihr Bettchen legte und leise mit ihr sprach. Worüber? Über alles! Laura hatte für alles Verständnis.

Da nun lag sie auf meinem Bett. Ich setzte mich zu ihr und sprach leise auf sie ein. Ihre Augen suchten meinen Blick und wir sahen uns an. In ihren Augen, braungrüngoldblau, war eine Klugheit, die nicht sein konnte, und doch da war, eine Vernunft und Kenntnis, wie von Generationen weitergegeben, ein goldenes Armband aus verflochtenen Gliedern. Mir schien, daß sie mich erkenne und um mich wisse und sich nur verstelle als die zarte Person, die kaum imstande war, ihren Nuckel zu halten, und sich vergeblich abmühte, ihn selber in den Mund zu schieben. Nein, ich bin nicht gläubiger als andere Menschen, aber alt genug, um etwas zu glauben, was ich sehe. Soll ich zum Wunder ernennen, wenn ein noch so winziger Mensch spürt, daß er geliebt wird, daß man sich ihm zuwendet ohne Hast und Ungeduld, ohne Forderung? Ist dieses Kind nicht in meinem Blut, in all meinen Erfahrungen seither, auch in jedem meiner Worte?

Laura Marie zeigte sich bald als eine Persönlichkeit. Sie spricht nicht nach, was man ihr vorsagt, sie läßt sich auch nicht vorführen. Wenn sie nicht winken will, winkt sie nicht. Sie war noch kein Jahr alt und lehnte bestimmte Spielzeuge und vor allem aufdringliche und laut sprechende Besucher ab. Aber sie lächelte, so entwaffnend, wie nur Kinder und Verliebte lächeln können.

Alles, was auf dieser Welt geschieht, vom Erdbeben bis zur Diarrhoe, könnte diesem Wesen widerfahren. So geht einen alles selber wieder an. Man ist gänzlich neuartigem Kummer, völlig neuer Erfahrung wehrlos ausgeliefert. Laura Marie kam auf die Welt und liebte Lieder. Schon bald nahm sie die Melodien mühelos auf, später sang sie oft zwei Lieder zur selben Zeit, und wir wunderten uns, daß der Text von dem einen zur Melodie des anderen paßte.

Wenn man Laura eine Geschichte erzählte, mußte man sich an ihre Vorliebe für überschaubare Fabeln, eindrucksvolle Charaktere und dramatische Höhepunkte halten. Die Geschichte durfte keine lange Exposition haben. Schilderungen der Jahreszeit, Wohnverhältnisse und Wetterlage waren unerwünscht, wenn nicht gänzlich außergewöhnlich. Natürlich, wenn es furchtbar regnete, unglaublich schneite, glühend heiß war, durfte das erwähnt werden. Sonst hob sie die Schultern und sagte: »Na und? Was'sn passiert?«

Ging es los, wurden einleuchtende Teile der Geschichte mit Kopfnicken bestätigt, andere mit Stirnrunzeln bewertet. Die Geschichten mußten entweder zum Lachen sein oder sehr, sehr traurig. Laue Geschichten kamen nicht an. Das war natürlich etwas schwierig in einer Familie, in der alle Erwachsenen mit der Vergabe solcher Prädikate vorsichtig sind.

Wir halten gut und böse für Kategorien, die so simpel auf fast gar nichts mehr zutreffen, aber das akzeptierte Laura nicht. Einer mußte der Gute sein, einer der Böse. Wunder durften vorkommen, sofern es sich um Dinge handelte, die zwar so nicht sein können, aber vielleicht sein könnten. Ein Eisbär, der sein dickes Fell im Sommer gegen eine Seidenbluse tauschen möchte, galt als einleuchtend, eine Amsel, die bei uns Kuchen backen möchte, hätte nicht interessiert.

Laura wollte aber nicht nur große bunte Stories mit simpler Rollenverteilung, es war noch schlimmer: Sie, gegen die niemals Gewalt angewendet wurde, die niemand erpreßte oder unter Druck setzte, haute sich mit anderen Kindern, ohne daß deswegen ihre Welt zusammenbrach, oder auch nur die eine die andere kreuzte.

Laura im Kreis ihrer Eltern, das war ein übermütiges, oft aber auch still versunkenes Wesen, mit Kraftproben und Widerstand beschäftigt, sich auskennend, wie weit man gehen kann.

Die Laura im Kindergarten war ein diszipliniertes Wesen, das schweigend löffelte, seine Spielsachen wegräumte, den Teller wegtrug und mittags zu schlafen versuchte, eine Pein. Einer von uns holte sie weg, ehe sie artig und sich kratzend auf der Mittagsliege lag.

Laura bei uns, das war etwas ganz anderes. Hier baute sie Höhlen, räumte gar nichts auf, aß, wann sie wollte und wußte: Hier darf mit Wasser geplantscht werden, hier hat sie einen Großvater, der jeden Baum und jeden Halm kennt und für jeden Unfug zu haben ist, mit dem sie über die Betten toben darf, der sogar die Hand unter die Wasserleitung hält, um vorzuführen, wie prima man die Kachelwand treffen kann.

Dafür sah sie ihn hingerissen und strafend zugleich an,

denn natürlich wußte sie, daß so etwas die Ausnahme bleibt und anderswo nicht gestattet wird, so entzückend es auch ist.

Wir hatten vereinbart: Wen's trifft, der antwortet. Nicht zickig, das macht nur aufmerksam, einfach antworten, ganz offen.

Es traf den Großvater. Wie kommen die Kinder in den Bauch rein? Die Prinzessin saß in der Badewanne, um sie her paddelten aufgezogene Schwimmtiere aus Plast, giftiggrüne, blaue, rote, Frösche, Bärchen, Micky Maus, zu Rittern und gefangenen Schönheiten erklärt. Wie kommen die Kinder in den Bauch rein?

Vermutlich schob der Großvater seine Brille ein Stück höher, überlegte kurz, dann holte er eine Verlängerungsschnur. Er zeigte ihr den Stecker, erinnerte sie an männliche Anatomie, die im Kindergarten zu besichtigen war, und vervollständigte in kurzer Schilderung deren ihr bereits bekannte Funktionen. Dann erklärte er ihr, wie die Steckdose dazu paßt.

Laura erhellten sich die Zusammenhänge mühelos, zumal ihr jetzt aufging, warum die Liebespaare im Fernsehen immer ins Bett rennen. Sie quittierte mit achso achso, empörte sich dann aber doch. »So was laß ich mir nicht gefallen. Höchstens von René, von Mike, von André, und ...«, den vierten Namen habe ich vergessen.

Ich wollte für Laura Marie viele Märchen und eine Million Lieder schreiben. Ihre Lieder macht sie sich schon selber, oder hält sich an die aus der Hitliste.

Und in den Märchen habe ich keine Rolle für mich. Die Großmutter, zu der Rotkäppchen den Kuchen hinträgt, die gütige weißhaarige Großmutter gibt es nicht mehr. Das dumme Luder, das vom Wolf gefressen wird, und die Tochter kommt nicht selber zum Geburtstag, sondern schickt das arme Kind.

Urgroßmütter werden graue Panther, Großmütter sitzen nicht im Lehnstuhl und haben auch nicht mehr Zeit als die Mütter.

Ich wollte ihr den Wald aufschließen und einige ihrer Sinne, da ich keine Welt und keinen Himmel zu vergeben habe.

Sie soll sich an mich erinnern und lachen. Das ist der eigentliche Wunsch.

Wie Lots Weib

Ich brauche andere Frauen. Es gefällt mir, wenn eine Frau ein Kleid anzieht, das ihr einen besonderen Gang nötig macht. Den können wir gebrauchen. Gerade jetzt.

Mir gefällt, wenn sie ihre Gedanken einbringt in die Arbeit, ohne ihren Vornamen mit dicken Buchstaben auf die Mappe oder das Transparent zu schreiben. Angemessen sein, davon können wir gar nicht genug haben. Gerade jetzt.

Unsere Weibertradition schreibt Neid vor, wenn eine jünger ist, hübscher, wenn sie Charisma hat, begehrt wird. Ihr das abzusprechen und sie darin zu verunsichern, können wir uns aber nicht leisten. Gerade jetzt.

Ich unterstelle ihr, daß sie mich beschützt, wenn ich den Rücken drehe, und wer auf sie anlegt, muß mit mir rechnen.

Sie bekennt sich zu ihren Gefühlen. Daß sie verletzbar ist, leugnet sie nicht. Das macht es anderen möglich, ihr Visier zu heben, wenn auch zunächst vorsichtig. Liegt ein Irrtum vor und seine Folgen sind absehbar, setzt sie den Fuß vorsichtig auf. Trägt der Boden? Sie zögert. Zu sehr, da lebt man nicht gut. Sie muß sich wieder zutraun, über Gräben zu springen und den einen Fuß nicht für ungeschickter halten als den anderen. Schade für alle Frauen vor uns, die sich hüten mußten. Vor den Männern ohnehin, aber doch auch vor den Frauen. Das fehlte uns noch. Gerade jetzt. Und wird böse Urständ feiern, wenn für zwei, die nebeneinander gearbeitet haben, nur ein Arbeitsplatz bleibt.

Niemand hat nach unserer Weichheit und unseren von der Natur vorgegebenen Grenzen gefragt, als die Straßenbahn über vereiste Schienen gebracht werden mußte und die Männer waren an der Front. Männer haben uns die Männer umgebracht, auf dem Feld der Ehre oder im Namen des Volkes, im Uranbergbau und in der Wüste millionenfach überflüssiger gegenseitiger Belehrung, die zu keiner besseren Lage führte.

In der Welt der Männer hat man uns ein Joch über die Stirn gelegt und das Höschen ausgezogen, wir hatten einen Preis als ehrbare Braut und als Hure. Wir durften Granaten drehen, und den unauffälligeren Kurier abgeben, auf dem Prügelbock oder unter dem Galgen hat das keinen Unterschied gemacht. Männer haben die Bomben ausgeklinkt und die Planwirtschaft erfunden, sie waren immer unberührbar, in ihren Zirkeln und im Allerheiligsten, ob im englischen Club oder in einem Politbüro.

Wir haben es hingenommen. Das Elend, den Hunger, das vergebliche Gebären und die Theorie dafür. In wie vielen kleinen Städten stand ich vor dem Kriegerdenkmal und mir drehte sich der Magen, gleich zwei Kriege wurden da »ehrenhaft« abgerechnet, so viele Namen. Man denkt, es habe keinen Mann mehr gegeben. In Mattrey, in Tirol, war die Reihe der Namen von Kindern, die im Winter auf den Berghöfen gestorben sind, immer noch kürzer als die von all den Seppls und Hansen und Tonis, die fortgezogen sind als Gebirgsjäger und nicht mehr nach Hause kamen. Geboren von Müttern und beweint von ihnen. Aus dem männlichen Gehirn ist der Gedanke an die Erstgeburt, an den Vorrang gegenüber der Frau, nicht zu löschen. Diese Erde kann zugrundegehen an all den herrlichen männlichen Einfällen, und sie werden bis zum letzten Augenblick glauben, man darf sie uns nicht überlassen, sonst geht sie zugrunde.

Ich wollte die Welt mit ihnen zusammen verbessern. Und ich will es noch immer. Mit wem denn sonst?

Einmal war ich eingeladen, als schwer arbeitende Frauen geehrt wurden. Da wußte ich schon, daß die große Blechehre der unzulängliche Ersatz ist für das, was den

Frauen vorenthalten wird. Die Frauen waren in der Nacht mit dem Bus unterwegs gewesen, sie saßen verschwitzt in ihren Eisenbahner- oder Polizeiuniformen, im guten Kostüm und mit etwas Wein im Bauch, der Magen hätte ein Essen gebraucht, aber das dauerte noch eine Weile.

Schließlich kamen die Männer, die jetzt Dienst hatten und den hohen Rang. Sie kamen herein, extra zu spät, um an der eigens für sie quergestellten Tafel Platz zu nehmen. Die Verdrossenheit über diesen dummen Dienst sah man ihnen mühelos an.

Die Frauen standen auf und klatschten der hereinschlendernden Menge von Wichtigtuern Beifall. Ohne Scham nahmen die Männer diesen Tribut entgegen. Sie hätten es ja anders einrichten können, sie brauchten nur vor den Frauen im Saal zu sein und ihnen die Hand zu geben, nicht gleich Beifall zu klatschen, wozu. Die Männer saßen mit einer einzigen blaublonden Ministerin und zwei schändlich ewigen Kandidatinnen ihrer Erlauchtheit hinter der Barriere. Es stand keiner von ihnen auf und redete mit einer unbekannten Frau Null, die vielleicht in drei Schichten arbeitete, sich die Beine abends in den Läden in den Bauch stand, ihre Kinder hochzog und sich anlabern ließ, wenn sie einer überflüssigen Versammlung nicht beiwohnte.

Von diesem Tag hab ich kein Bild vergessen.

Wir haben uns als Frauen vieles selber eingebrockt. Und ausgelöffelt, das gehört dazu. Wir wollten ein bißchen Glück und haben uns oft daraus ein bißchen Unglück gemacht. Wir Frauen denken uns Glück nie ohne den Mann. Ich denke, es gibt nur wenige Männer, die sich vorstellen können, daß ihnen Macht nichts bedeutet, wenn es nicht auch die über unser Herz ist.

Wir hatten Einsamkeiten und dagegen manchmal im Kreis der Weiber den sündhaften Kaffee und Kuchen, auf den Tränen tropften. Dann kam der derbe Trost, manchmal ein Schlag auf die Schulter und dennoch Trost. Da haben wir eben das bißchen Charakter zusammengerafft:

Ich bin doch auf den nicht angewiesen. Da leb ich ja allein besser. Die Verhältnisse sind so eingerichtet, daß wir auf ihn angewiesen sind. Arbeit und Kind und kein Kerl, der einem die Anerkennung gibt, von der er nicht weiß, daß eine Frau sie braucht. Wenn ihn ein Mann lobt, bedeutet das mehr, dann rühmt ihn ein Gleicher, das hebt, und uns hebt zu oft nichts und niemand.

Und dennoch haben wir gemotzt, sind wieder aufgestanden, wenn es uns umgehauen hatte, haben nach den Wänden getastet, und oft war da die zupackende Hand einer anderen Frau. Komm schon, Schwester, mach nicht schlapp, gerade jetzt.

Laßt uns nicht Heldin sein, wo es nicht lohnt. Heldinnen enden in der Kunst fast immer elend. Und im Leben zu oft in der Bedeutungslosigkeit, in die sie von den Maulhelden der zweiten Stunde geschickt werden. An uns Weibern gab es viel zu züchtigen. Dichtende Männer schickten eine in den Mühlteich um eines Kindes der Liebe willen. Aus Angst vor Lust hatte sich Emilia Galotti den Tod geben zu lassen. Naja, wie sie uns eben gern hätten, siehe die todsicher von einem Mann ausgedachte Mutzenbacherin.

Sie haben uns als Hexen verbrannt, um uns den Übermut auszutreiben. Kann sein, daß es Hexen gegeben hat, irdische Weiber, die heimlichen Unfug, Unzucht und Schabernack trieben. Sagen wir: Heimlich ein wenig von dem, was den dollen Kerlen bei Sonnenlicht zugestanden war. Aber auch sie, die Männer stammen wie wir von den Hexen ab, und eines Tages wird uns diese Verwandtschaft einander möglich machen. Ich will noch immer daran glauben, auch aus Dankbarkeit für die Solidarität eines Mannes unter all den Unterdrückern, die meinen Weg gekreuzt haben.

Frauen haben zuviel Erfahrung, als daß sie je ohne Angst sein könnten. Niemand kann eine Frau so verraten wie eine andere Frau. Niemand kennt sie so.

Schwester, die Zeichen sind deutlich. Es läuft wieder einmal gegen uns. Die Freiheit sieht noch immer männlich aus und hat sich, auch aus Not, gewiß inzwischen sträflich abtrainiert, die Eisenschilde wieder an die Ellbogen gebunden.

Wenn das Boot zu klein ist, werden am ehesten wir für entbehrlich gehalten.

Lot war ein gerechter Mann. Von einem Mann einem Mann als gerecht vermeldet.

Lot bekam die Erlaubnis, von allen Einwohnern der Stadt einzig sich und seine Familie zu bergen. So verließ er denn mit den Seinen die Stadt, aber an deren Rand sah sich sein Weib um. Sie blickte zurück auf den Ort, in dem sie aufgewachsen war, geboren hatte, ihr Altern empfand und manchmal vergaß. Der Schmerz in der Brust sagte ihr, daß sie Heimweh haben würde nach all den fehlbaren, den gewöhnlichen Leuten mit Schwächen, den Schwesterlichen in der Unermüdbarkeit beim Bereiten der Suppen und beim Verkleiden der Unzulänglichkeiten. Nach den großen Mädchen, die auf der Nadelspitze tanzen, und den Ungeliebten, die ohne die andere Frau aufgezehrt worden wären, von scheinbarer Vergeblichkeit ihres Lebens.

Lots Weib kannte läßliche und unerläßliche Sünden und deren geheime Ursache. Auch wenn sie schimpfte, verstand sie und brauchte also niemandem zu verzeihen.

Von all dem wußte Lot nichts, ihr gerechter, ihr einzigartig gerechter Mann, ohne die Schwächen, die uns einander nahe sein lassen. Da ihm nun aufgegeben war, nicht zurückzublicken, sah er sich auch nach seiner Frau nicht um, sondern strebte, die lüsternen Töchter zur Seite, fort von der Stadt Sodom, über die eine schwere Heimsuchung kam. Die läßt sich aus den Erfahrungen der Menschen vielleicht schlüssig begründen. Wie Wind, Wasser und Wüste das ihre taten und eine Stadt verschlangen, während andere Städte verschont blieben. So mußte denn wohl diese schuldig sein. Und Lots Weib, so heißt es, blickte zurück und erstarrte zur Salzsäule. Unter den Wassern begraben oder vom Wind und der trockenen Sandwüste unrettbar erreicht? Oder furchtbar bestraft, weil sie gegen die männliche Weisung zurückblickte, so, daß ihr Herz und ihre Augen den Weg zu ihresgleichen fanden?

Sie erstarrte zur Salzsäule, die Ungehorsame.

So steht es geschrieben.

Ich habe Angst davor, daß wir zurückgeworfen werden auf den Anteil der Männer an uns. Wie auf die Willkür unseres empfindlichen Bauches. Die neuen Verhältnisse geben Signale, die sind mehr als eine Androhung. Wir waren nicht gleichberechtigt, aber wir wurden gebraucht, das schuf uns Möglichkeiten, wenn auch unzulängliche. Errungenschaften genannt, wollen sie uns im Verlust fast so scheinen.

Auch das noch schreiben wir uns selber zu. In unseren Genen schlummert die Bereitschaft, an allem schuld zu sein.

Wir Frauen fingen gerade an, einander zu verstehen. Es war ein Anfang. Der hieß: Auch du. Auch du bist sterblich, verletzbar, hast mich nötig. Auch du warst kichernde Freundin, erwartungsvolles junges Weib, das sich von jedem Schritt auf der Treppe das größere Glück erhoffte. Auch du hast dein Leben schon einmal in der Hand gehabt, um es wegzuwerfen, für einen Grund, der nicht lohnte. Auch du hattest einen Augenblick wahnwitziger Chance, aber sie kam zu spät, im unrechten Augenblick, und mußte verpaßt werden.

Ich müßte mich jetzt nur um mich selber kümmern. Du hast dieselbe Meile im Augenschein. Wir haben beide Angst, daß wir uns um Wissen geschunden haben, das nun niemand mehr braucht. Wenn ich schneller bin als du, schlauer, mich nicht umsehe, dann schaffe ich es, vielleicht dir vor der Nase.

So kann ich nicht leben. Ich bin nicht stark wie ein Mann. Aber stark als Frau. Gerade jetzt.

Sags dem kalten Stein

Der Traum bringt ihr die Tochter wieder, jede Nacht. Aber die Träume zerfließen und stoßen sie hoch in eine Wirklichkeit, die sie nicht erträgt. Sie lebt, aber wie mit greller Sonne in den Augen, die unabhängig von ihrem Willen überfließen. Während sie Möhren raspelt oder wenn sie über den Damm geht, hält eine Hand ihre Beine fest. Dann steht sie regungslos und weint.

Die kalte vergiftete Sonne bedrängt ihr Gehirn, das sich schmerzend weitet und Auswege sucht, die nicht zu finden sind.

Die Tochter ist gestorben, so elendiglich, so von Schmerzen zerrissen.

Sie war erst dreißig Jahre alt und ein Mensch, der an den Tod nie zu denken schien und den der Eltern in der Vorstellung nicht zuließ.

Sie ist gestorben und hat so gern gelebt.

Die Mutter möchte den Tod anflehen, nur ein grausiges Märchen zu sein, das am Ende gut ausgeht. Gib uns eine Chance. Gib sie uns zurück. Nimm mich dafür.

Jede Nacht gibt sie ihr wieder, jeder Tag entläßt sie in den unerträglichen Verlust.

Wäre doch das Gedächtnis wenigstens eine Zeitlang gnädig gelöscht. Was immer die Mutter in die Hand nimmt, hat mit dem vergangenen Leben der Tochter zu tun und also mit ihrem Tod.

Jedes tröstende Wort ist ihr unerträglich. Es versucht ja, ihr den Verlust erträglich zu machen.

Vielleicht wird sie eines Tages um der Enkel willen dankbar sein, daß es die Tochter gab und wird nicht mehr mit allem Glauben und allen Göttern gleichzeitig brechen, weil sie ihr genommen wurde. Die Götter in Weiß spielen eine unheilvolle Rolle. Aber sie hat nicht die Kraft, Schuld zu suchen und Schuld zu sühnen.

Wenn sie ihrem Mann in die Augen sieht, entdeckt sie seinen Kummer, er den ihren, und beide ertappen sich bei nicht zu unterdrückendem Schuldgefühl: Warum haben wir ihr nicht abgeraten. Warum haben wir ihre Sterblichkeit nicht bedacht und sind nicht in der Nacht an ihrem Bett geblieben. Warum haben wir uns nicht durchgesetzt und unsere Verantwortung wahrgenommen, sondern haben uns wegschicken lassen, abschieben, beruhigen.

Die Tochter war ein vernünftiger Mensch. Und weil sie erwachsen war, wollten die Eltern nicht antworten, wo nicht gefragt wurde. »Zwei Kinder sind in diesen Zeiten genug«, sagte sie. »Ich weiß nicht, ob ich wieder Arbeit finde, ich weiß nicht, ob ich meine Wohnung bezahlen kann, eine größere gewiß nicht, ich weiß nicht, ob Gunnar nicht die Woche über in einer anderen Stadt arbeiten muß.

Und für unseren Vater ist es auch eine große Umstellung. Er muß sich an den Ruhestand gewöhnen und sich erst einmal selber wieder finden«.

So ließ sie die Unterbrechung vornehmen. Es wurde nicht darüber gesprochen, ob ihr das leicht oder schwer fiel. Eine Frau, die ihren Kindern so gänzlich zugetan ist und früher sagte, sie möchte sieben bis acht Kinder haben, die geht damit nicht leichtfertig um.

Gunnar ist nicht der Vater ihrer Kinder. Aber er liebt sie, und sie sehen in ihm den Vater. Der Erzeuger hat sich vorher nicht gekümmert. Nun hat er sich gemeldet und erhebt Anspruch auf »seine Kinder«, die lieber bei den Großeltern bleiben wollen.

Aber das neue Recht ist auf seiner Seite.

Der Griff des Mannes an den Arm seiner Frau ist kaum zu spüren, so leicht, so vorsichtig faßt er sie an. Als wäre sie ein Wesen, das sich auflösen wird. Er kann sich nicht vorstellen, daß sie einander wieder sorglos umarmen. Er hat nicht einmal Sehnsucht nach Zärtlichkeit und ist ohne Begier. So einsam hat er sich in seinem Leben noch nie gefühlt.

Der Tod der Tochter hat alle Probleme von vorher, auch die großen, auch die ganz elementaren, in ein anderes Licht gestellt. Es gab keine Sorgen. Sie waren zusammen und konnten einander helfen.

Die Mutter hat oft beklagt, daß die Zeit so schnell vergeht. Je älter man wird, desto näher scheinen die Weihnachten aneinander zu rücken, die Geburtstage, die großen Ferien. So eine Tochter eilt durch ihre Kindheit, viel zu schnell kann sie laufen, sich viel zu schnell in unvorsichtige Hände begeben.

Der Vater war ein gelassener und nachdenklicher Lehrer. Er brauchte nicht streng zu sein, das lag ihm auch nicht.

Nun kommt beiden die heile Zeit vorher als ein langes Leben vor, ein schönes Leben, obwohl es in der Familie kaum Übermut gab. Der Ernst stand ihnen an, auch die Tochter hatte keine alberne Phase. Der Mann leidet auf andere Weise als seine Frau. Er ist noch schweigsamer geworden. Abends nimmt er im Badezimmer Tabletten, damit seine Frau denkt, immerhin schläft er. Er will ihr damit helfen. Wohl auch sich, denn er kann es nicht mehr ertragen, neben dieser aufschreckenden, unruhigen, immer wieder weinenden Frau Nächte zu verbringen, die nicht enden wollen. So schläft er und will ihr damit ein Signal geben, das ihr Hoffnung auf Überwinden machen soll. Schlaf doch, schlaf wenigstens, du mußt essen, du darfst nicht immer weinen.

Er versucht, die Schwere der Trauer zu durchbrechen. Er will etwas für die Tochter tun. So setzt er Schreiben auf, besucht Rechtsanwälte und macht sich auf einen langen Streit um die Kinder gefaßt. Aber Kraft entsteht daraus nicht. Statt dessen immer wieder die auflodernde dumme Frage: Warum? Warum gerade unser Kind?

Die Ehe hatte den Sinn, den beide ihr gegeben haben. Es gibt diesen Sinn nicht mehr.

Die Enkelin ist elf Jahre alt, und die Tränen um die Mama und um das Nest bei den Großeltern fließen gleichzeitig.

Manchmal denkt die Frau, daß sie so nicht bleiben kann. Sonst ist sie für niemanden mehr gut. Auch nicht für die Enkel. Und sie zwingt sich, die Verzweiflung nicht umfassend anzunehmen, weil sie alle anderen auch noch mit sich belastet.

Aber nur auf dem Weg zum Friedhof hat sie ein Ziel.

Es ist das erste Leid ihres Lebens. Sie hat es immer gefürchtet. Woher sollte es kommen? Die Familie war harmonisch. Dann wurden die Verhältnisse schwierig. Besonders für den Mann. Er hatte als Lehrer Ideale, aber in den neuen Zeiten zählte nur ein altes Mitgliedsbuch, ihn abzulehnen und auszugrenzen.

Darüber sprechen sie nicht. Nicht jetzt, er wird reden, wenn er die wichtigsten Gedanken darüber abgeschlossen hat.

Sie lebten miteinander anders als die meisten Bekannten. Sie war Hausfrau, nur Hausfrau. Sie wollten es so. Es war ihre Art, sich die Arbeit zu teilen.

Der Mann trug vieles für sich allein. Aber die Familie war für ihn das Wichtigste. Man könnte sagen, daß dieses Paar den Eltern nachgelebt hat, seinen und ihren. Da war viel, was anderen Menschen altmodisch vorgekommen sein mag.

Sie hingen aber einander an in einfacher und ungebrochener Treue. Jetzt will der Schmerz Haß und Ausbruch, er möchte etwas angreifen, zerstören, aber auch das brauchte Kraft, die es nicht gibt.

Die Tochter wollte niemals davon hören, daß die Eltern eines Tages nicht mehr leben werden. Sie wehrte jedes Gespräch über Erbe und Nachfolge ab. Ihr seid gesund, sagte sie, ihr seid noch nicht alt. Das ist für mich kein Thema.

Die Eltern versuchten zu erklären, daß eine gewisse Absprache nötig sei. Oft, wenn sie zu zweit mit dem Auto unterwegs waren, nahmen sie sich das vor. Es kann etwas passieren. Man solle doch ruhig darüber sprechen.

Die Tochter entzog sich. Und die Eltern sahen sie nicht in Gefahr, als sie den Entschluß faßte und sich im Krankenhaus anmeldete. Für die Ärzte ist das Routine, hat sie gesagt, in ein paar Tagen bin ich wieder zu Hause.

Die Frau hatte Jahre zuvor ihrem Mann gesagt, daß sie ihn nicht überleben wolle. Er sei ihr Sinn und Tun, und wenn er auch abwehrte und auf die Kinder wies, die in solchem Fall wenigstens noch die Großmutter hätten, er wußte wohl, daß sie es meinte und daß es damit gesagt wie getan war.

Ihr Leben war ausgefüllt, es kreiste um ihn und war von dem seinen nicht zu lösen.

Die meisten Frauen möchten so nicht leben. Oder nur mal eine Weile. Auch die Tochter nicht, die ihre Eltern dennoch um die Beziehung beneidete.

Die Kindheit der Tochter ist der Erinnerung ein einziger schöner Tag, ohne Anfälligkeit und Besorgnis. Es kann so nicht gewesen sein. Aber eine Krise gab es nicht.

Manchmal wollten andere Frauen die Mutter aus ihrem »beschränkten Dasein« befreien. Sie meinten, sie sei zu intelligent, um sich an Konfitüren, Handarbeiten und Rosenzüchtung zu verschwenden.

Aber dieses scheinbar enge Nest hatte dehnbare Wände. Es hatte Platz für die Schulfreundin und deren Mutter, als der Ehemann trank und schlug. Vor Gericht standen die Eltern der Klagenden zur Seite. Sie gewann, das war nicht einfach, denn der Mann war nüchtern ein anderer und hatte Einfluß.

Zur Tochter nach Hause kamen viele Mädchen, deren Eltern zu wenig Zeit für ihre Kinder hatten. Und die Mutter mußte sich oft Lösungen einfallen lassen, wo sie die Geheimnisse nicht weitergeben durfte. Manches war beunruhigend, und sie konnte nicht leicht damit allein fertigwerden, aber für die Tochter war es ein nie zu brechendes Gesetz, daß zu Hause alles gesagt werden durfte und dort zu bleiben hatte.

Die Mutter wußte, daß die Tochter Angst vor dem Tod der Eltern hatte und ihn sich deswegen aus dem Kopf schlug. Oder wollte sie besonders sachlich scheinen, weil die Mutter so eine ängstliche Person war, mit Angst vor Schmerzen, Enttäuschungen und Sterben? Überempfindlich, das mag sein. Und eine Glucke, das ist auch wahr. Die Mutter dachte, wir werden dann alt sein und unsere Tochter ist Großmutter, da wird sie es überstehen und sich an ihre Kinder halten. Sie wird leben, wenn wir sterben. Anders konnte die Mutter sich den Fortgang aus dem Leben nicht vorstellen.

Wenn ihre Tochter hungerte, versuchte sie ihr das auszureden. Sie war immer mit ihrer Figur unzufrieden und hielt dann doch nicht durch.

Wofür hat sie sich so kasteit?

Dummer Gedanke, aber die Mutter muß auch mit ihren zwanghaften Vorstellungen fertig werden. Ihre Tochter war eitel. Sie hat sich die Vorderzähne abschleifen lassen, eine unangenehme Prozedur. Aber dann war sie »wie ein neuer Mensch« und behauptete, sie hätte nicht leben können mit dieser Lücke zwischen den Schneidezähnen.

Die Frau möchte schlafen und nicht mehr erwachen.

Es ging alles so schnell, das Glück und das Unglück. Es war keine Zeit, sich auf eine Katastrophe vorzubereiten. Die Tochter ging mit einem Köfferchen, die Mutter brachte sie an die Gartentür, und die Kinder winkten. Komm bald wieder, Mama. Aber dann rannten sie zum Hund.

Die Mutter hatte für jeden Anlaß hübsche Briefe verfaßt. Sie war bekannt dafür, daß sie jeder Lebenslage ein gutes Wort wußte, sie zeichnete auch und verfaßte kleine Verse für Glückliche wie Trauernde. All das liegt in einem Karton, und heute schämt sie sich für die Eitelkeit, abgeschrieben und aufgehoben zu haben.

Die Tochter hatte ein frisches Apfelgesicht und Mut für

zwei Leben. Ihre Eltern fanden kein Wort für eine Traueranzeige. Nein, sie wollten den Namen ihrer Tochter nicht sehen unter einer Bekundung, daß sie sie nie vergessen werden.

Der Frau ist das Herz gebrochen. Das spricht sie nicht aus, und in eine Zeitung gehört es schon gar nicht.

Wie kann so etwas heute passieren? Hat Semmelweis umsonst gelebt? Eine Infektion ist kein unerklärliches Leiden. Und waren gegen das Fieber nicht andere als die halbherzigen Maßnahmen möglich?

Die Zeiten, das sind die Zeiten, alle sind durcheinander, die Abwicklung, die Niedergeschlagenheit aller, wie soll jemand herausfinden, woran es gelegen hat.

Die Mutter kann sich alle Worte denken und will keines hören. Der Tod der Tochter ist wie eine traurige Legende. Wenn das Leben Wipfel gehabt hat, dann ist in ihnen nun wirklich Ruh.

Auch die Liebe zu den Enkelkindern macht den Schmerz nicht erträglich. »Mir wird, je länger ich lebe, immer verdrießlicher, wenn ich den Menschen sehe, der eigentlich auf seiner höchsten Stelle da ist, um der Natur zu gebieten, um sich und die Seinen von der gewaltthätigen Notwendigkeit zu befreien; wenn ich sehe, wie er aus irgend einem vorgefaßten falschen Begriff gerade das Gegentheil tut von dem, was er will, und sich alsdann, weil die Anlage im ganzen verdorben ist, im einzelnen kümmerlich herumpfuschet.«

Wie oft hatten diese Worte von Goethe gedient, Verhältnisse zu kennzeichnen. Sie paßten oft und auf vieles. Nun verfolgen sie die Frau. Sie wollen rütteln an den Grundfesten all dessen, was sie über ihre Familie gedacht hat. Ihr Gewissen kommt nicht zur Ruhe. Sie macht sich Vorwürfe. Darin liegt für Augenblicke eine Erleichterung. Nicht gänzlich ausgeliefert sein, wenigstens einen Anteil an eigener Schuld suchen.

Sie erträgt den Namen ihres Kindes auf dem kalten Stein nicht. Als Bodenfrost angesagt war, glaubte sie verrückt zu werden. Wir können sie doch nicht da draußen lassen, bei dieser Kälte.

Sie erinnert sich, daß ihr früher viele Menschen auf ihre herzlichen und auch ein wenig eitlen Episteln höflich und dankend geantwortet haben. Vielleicht glaubte sie, unerreichbar zu sein für die Unendlichkeit eines Schmerzes.

Sie hat keinen der Beileidsbriefe geöffnet. Es hat sie nicht interessiert, mit welchen Worten jemand ihre Verzweiflung zu lindern suchte. Ihre Enkelin ist der Tochter nicht sehr ähnlich. Meine Tochter, meine Enkelin, wenn sie es so denkt, ist es, als nähme sie beide zurück in ihren Schoß und brächte sie damit in Sicherheit.

Das Mädchen hat viel von ihrem Vater. Sie ist verstört und kommt auch mit der Großmutter nicht zurecht. Die möchte sie in ihre Arme reißen, weil die Tochter sie getragen und geboren hat, und manchmal fortstoßen, weil sie nicht die Tochter ist. Sie tut das eine wie das andere nicht. Unter dem brennenden Weh ruht die Liebe zur Enkelin und wird noch sein, wenn die Erschöpfung sanften Balsam als ersten Trost spendet.

Den Schmuck hat sie wieder an sich nehmen müssen, den sie der Tochter schon vererbt hatte.

Nun liegt er bei anderem in der Kassette, bis die Tochter der Tochter ihn tragen kann.

Flieder pflanzen auf ihr Grab, oder eine Rose? Alles erscheint grausig und unsinnig, denn die Sehnsucht will nicht begradigen und begrünen, sondern zu ihr hinunter. Wie früher, wenn sie krank war, denkt die Mutter, würde ich die Decke über uns beide ziehen. Mein Kind, keine Ahnung hat mich erreicht, daß ich dich verlieren könnte. Hat dies an meiner Liebe gefehlt, und habe ich gefehlt durch diesen Mangel? Du warst meine Hoffnung, Tochter, daß es auch nach dir noch den Christbaumschmuck im Glanz von echten Kerzen geben wird. Ich hab das Haus gepflegt und hab es gesehen als dein Zuhause, nach Vater und Mutter. Ich hatte Angst vor Schmerzen und vor dem Sterben, aber niemals vor Gestorbensein.

Was den beiden wichtig war, das haben sie der Tochter weitergegeben, und vieles davon wollte auch die niemals missen.

Die Freundinnen gehen auf die andere Straßenseite, wenn sie die Mutter sehen. Sie schlagen die Augen nieder, und noch ist sie ihnen dankbar für ihre Unfähigkeit, auf sie zuzugehen, sie gar zu fragen, wie es ihr geht.

Könnte sie doch glauben. Wär ihr doch der Trost eines kindlichen Glaubens, daß sie von ihrer Tochter gesehen und irgendwo erwartet wird.

Eine Frau war bei ihr, die wollte das Beispiel mißbrauchen als Argument gegen die Abschaffung eines Paragraphen.

Das vorher Undenkbare ist geschehen, die Mutter hat diese Frau hinausgeworfen.

Ein Mann kam und sagte ihr, er habe ihre Tochter geliebt, sie ihn aber nicht. Und er hätte bis jetzt die Hoffnung nie aufgegeben. Nun müsse er das ja wohl. Die Mutter fragte ihn aus, vielleicht war etwas Wichtiges zu erfahren, was sie nicht wußte? Aber nein, er sprach von seinen Gefühlen, und die Tochter war in seinen Worten nicht zu finden.

Deine Mutter will dich wiederhaben. Alles andere reicht nicht, um zu leben.

»Sags dem kalten Stein, aber trags allein«, ein altes Wort von alten Frauen. Jetzt erst scheint der Mutter auch an dieser banalen Lebensweisheit etwas Wahres.

Wiedergeburt

Ich erwachte und war dreihändig. Tiefe Trauer überfiel mich. Warum erst jetzt? Wie viele Tage hatte ich hinbringen müssen, zweihändig, vermutlich Spätentwicklerin oder arglistig in der Entwicklung behindert, während rings um mich schon einige Privilegierte geschäftig dreihändig werkten.

Ich ernannte die neue, die dritte Hand, zur Haupthand und erhob sie damit über die banalen, nur allzu bekannten Patschen, die rechte und die linke.

Da ich dieser zwar nicht vermißten, nun aber möglichen Kraft teilhaftig werden konnte, sollte dies auch zur schönen Feier geraten. Nicht auch dies noch durfte grauer Alltag sein, wie die Beidhändigkeit, scheinbare Normalität, aber wie sich nun herausstellte, eine Lage mit allen Ungerechtigkeiten. Zwei Hände, wie stolz das klingt. Aber damit ist nicht gesagt, daß der einen schon bloße Routine ist, was der anderen nie gelingen wird. Nun sollte mir die Haupthand die Feder führen, nach meinem Geliebten greifen, beim Reden die Punkte setzen. In sie würde ich das Geld legen und meinen müden Kopf. Für den ist die Linke ungeeignet. Man soll nicht auf der Seite liegen, wo das Herz schlägt. Aber mich rechts zu betten, bereitet mir äußerstes Unbehagen.

Der Haupthand fehlte es leider an Erfahrung. Auf dem Rücken des Geliebten kannte sie sich nicht aus, sie vermutete weder feine Nerven noch schmerzhafte Blockierungen.

Als sie nach der Feder griff, diese neue Haupthand, überfiel mich eine unerwartete Trauer. Rechts und links neben dem Blatt, blaß und unschuldig, lagen zwei Hände, meine vertrauten alternden Hände. Die ich auf einmal liebte, so daß die eine nach der anderen griff und beide dasselbe spürten. Ich hatte sie eben geringschätzen wollen, sie aber doch aneinander gewärmt, ich kannte sie verkrallt und verkrampft, mit ihnen hatte ich schon einen Baum gepflanzt, eine glaubwürdige Unterschrift geleistet und meinen Geliebten gehalten, während wir vor Liebe lachten und ahnungslos ein Kind zeugten – Freude unseres Lebens und uns ähnlich mit Geschick und Ungeschick, ein zweihändiges Wesen mit Sehnsucht nach Flügeln und Siebenmeilenstiefeln.

Ich hatte mein Leben bisher ganz gut im Griff. Mit Füßen, die nicht sehr weit gegangen sind, mit Sinnen, die erste Spuren von Ermüdung zeigen, das heißt, ich bin empfindlicher geworden, auch schreckhafter. Ein paar Narben hab ich schon – und kostbare Erfahrung.

Einschlafen will ich und will zweihändig erwachen. Wollte ich denn je so besonders sein, daß es mich von allen anderen Menschen trennt? Oh, das kann man haben, als Behinderter, als Homosexueller, als Radikaler oder als Millionär.

Immer hatte ich Angst davor, ich könnte mich zu weit entfernen vom Alltäglichen. Dem alltäglichen Schmerz, der alltäglichen Banalität, dem alltäglichen Mut, mit dem man den Alltag übersteht und eine Liebe behält. Anders leben als die meisten Menschen macht möglich, daß wir vergessen, wie es ihnen geht und uns dadurch überheben. Wackligere Stelzen aber sind kaum denkbar.

Meine beiden Hände sind sauber, unschuldig, verstrickt gewesen ohne eigenes Zutun. Das denk ich jetzt, jetzt. In zehn Minuten werde ich mir wieder die Frage stellen, warum ich so oft hinsehe – und doch von einer Haupthand geträumt haben muß, einer starken Hand, vor der ich mich bei wachen Sinnen entsetzen müßte.

Schlaf, gib mir zurück meinen alten Ärger rechts und links. Oder versenk mich in eine Tiefe, daß ich aufwache kurz vor Weihnachten. Da haben die Deutschen beide

Hände voll zu tun und sind in ihrer Seele alle ein bißchen gut.

Aber wenn schon ein Wunder möglich wäre, dann möchte ich noch einmal auf die Welt kommen.

Wenn ich noch einmal auf die Welt käme, dann würde ich schon am ersten Tag sprechen. Das ist viel besser, als zu schreien und die Eltern raten zu lassen, ob man gestreichelt werden will oder Hunger hat, obwohl man noch gar nicht dran ist.

Ich würde zu meinen Eltern sagen, gleich, wenn ich aus der Klinik nach Hause komme: Hört zu, ihr Lieben, glaubt ja nicht an diesen alten Quatsch, daß man ein Kind in der ersten Nacht durchschreien lassen muß. Gebt mir ein abgedämpftes Licht, werde ich sagen, damit komme ich besser hin. Vielleicht setzt ihr eurer Güte die Krone auf und laßt die Tür einen Spalt offen, das können wir später weglassen, aber für mich ist es auch nicht leicht. Die Umstellung ist gewaltig. In dieser fremden Wohnung höre ich keine der Stimmen mehr, die ich bis eben gehört habe – außer die von euch beiden, die kenne ich schon lange. Aber wo sind die anderen, die der meinen ähnlich waren? Es duftete anders, alle Geräusche waren anders, und ich fand sie schön. So laßt mir Zeit, auch diese hier schön zu finden. Deckt mich nicht andauernd so warm zu. Gänse und kleine Kinder muß man warmhalten, das ist schon richtig. Aber ich muß mich noch bewegen können, angenehm muß es sein. Ich habe einen empfindlichen Hals, und wenn ihr mich so warm zudeckt, dann fängt der an zu jucken.

Ich würde zu meinen Eltern sagen: Ihr seid wunderbar, wenn ihr Hand in Hand an meinem Bett steht. Dann will ich nur, daß ihr immer so bleibt, zu euch und zu mir.

Aber warum laßt ihr zu, daß in unserer Wohnung geraucht wird? Ihr denkt wohl, das schadet mir nicht? Es stinkt. Ja, zur Zeit empfinde ich es noch als Stinken, aber wenn ihr nicht acht gebt, dann warte ich bald ungeduldig auf den Moment, wo wir wieder rauchen. Ihr habt euch doch so oft vorgenommen, es zu lassen. Seid ihr etwa schwach? »Wenn das Kind da ist, dann kommt das sowieso nicht mehr in Frage.« Na, nun bin ich da.

Ich höre gern Musik, das solltet ihr früh bemerken. Bedenkt, daß mein Gehör überempfindlich ist, aber gebt mir die Musik. Ich hab jetzt Zeit, von mir wird nichts verlangt, als daß ich da liege und lauter Unvergeßlichkeiten tief in mich sinken lasse. Eure Stimmen sind ein Teil der Musik, die unruhig macht oder die Seele glättet. Und wenn ihr lacht, dann strample ich mit den Beinen. Das meint, ich habe Lust auf das Leben.

Ich würde zu meinen Eltern sagen: Redet, redet miteinander. Ihr seid noch so jung, ihr wißt wenig voneinander, weil jeder von euch mit seinen Liebesgefühlen bis über die Ohren zu tun hat. Seht hin, hört hin, fragt euch, damit ihr morgen mehr wißt vom anderen als gestern, und nicht weniger.

Ich würde meiner Mutter sagen: Setz ihn nicht zurück. Natürlich bist du stolz, weil du mich zustandegebracht hast, und ich bin ja auch herrlich. Aber wenn du ihn dauernd unachtsam behandelst, das wird er nicht gut verkraften. Laß ihn ran an mich. Er macht schon nichts kaputt. Ich will dir nicht weh tun, aber von seinen großen warmen Händen geht eine Ruhe aus, die brauche ich genauso wie deine flinken schmalen Finger, die nur manchmal ein oder zwei Grad zu kalt sind.

Wenn ich auf seiner Brust liege, dann redet er mit mir schönen Quatsch. Aber ich bedaure, daß du dann immer geschäftig rumrennst und nichts hörst von dem, was zwischen Ulk und Unsinn auch gesagt wird. Der Mann hat Ahnung. Wenn er das alles wahrmacht, was er über uns sagt, und das hängt von dir genauso ab wie von ihm, dann werde ich eine Frau, die nicht den erstbesten nimmt, weil sie ihn vom Besten unterscheiden kann. Minibraut, Kumpeline nennt er mich. Wenn die Welt ganz ruhig ist, hör ich noch einmal seine Bartstimme: Na, Tochter, dann schlaf schön.

Wenn ich heute geboren würde, dann könnte ich ein Einzelkind sein, was ich mir immer sehr gewünscht habe, unter so vielen Geschwistern. Mir war das früher streng verboten, aber heute hätte ich Eltern, die mir erlauben würden, Freunde einzuladen, die ich vielleicht besser leiden kann als meine Geschwister. Sie könnten ihre Spielsachen mitbringen und mit meinen spielen, mit uns essen und unsere Eltern würden sich kennen und beim Vornamen nennen.

Ich hätte solche Eltern nicht, aber wenn ich Eltern hätte, die mich schlagen würden, weil sie sich nicht mehr leiden können, oder weil einer von beiden trinkt, oder weil sie selber geschlagen wurden, oder weil sie sich das so angewöhnt haben, oder weil sie denken, Schläge gehören zur Erziehung, das könnten sie nicht lange machen. Es würde herauskommen, ich hoffe das vielleicht nur, aber ich denke doch, daß sie es nicht meine ganze Kindheit hindurch machen könnten. Wenn sie sagen würden: Mit meinem Kind kann ich machen, was ich will, dann würden nicht alle machtlos sein, sondern sie wären im Unrecht.

Wenn ich noch einmal auf die Welt käme, dann sollte es jetzt sein. Ich wünschte mir, daß meine Eltern nicht nur Arbeit haben, sondern auch solche, die sie gern machen. Manchmal sollten sie stöhnen, daß sie zu wenig Zeit für mich haben, aber ich wäre ganz sicher, daß sie immer zu mir zurückkommen, und würde es deswegen schon bald auch ganz schön finden, einmal allein zu sein.

Wir könnten uns nicht alle Wünsche erfüllen. Aber meine Eltern würden zuhören und wären Leute, die träumen können. Daß wir alle mal Fahrräder haben und dann losfahren, um zu übernachten, wo es uns gefällt. Mal in einem Gasthof, mal in einem Zelt.

Manche sagen, früher war die Welt schöner. Sie meinen dann die Erde, die Natur, das Leben. Das Wasser war sauberer, sagen sie. Der Wald war dichter, wir hatten keinen Streß.

Das würden meine Urgroßeltern sagen. Für meine

Großeltern und meine Eltern war Streß schon ein Teil des Lebens, in einem gewissen Maß nicht einmal unangenehm.

Manche sagen auch: Wir werden es schaffen. Wir sind bloß noch nicht so weit.

Meine Eltern würden sich nicht zutrauen, das von sich zu sagen. Sie zweifeln eher an sich, als daß sie wagen würden, der übrigen Menschheit zu versprechen, durch sie würde fast Unmögliches machbar. Ob das gut ist oder nicht, ich kann damit leben, daß sie keine Riesen sind und auch nicht so tun.

Wir werden es schaffen? Gegen Schaffen hätte ich nichts. Wenn ich jetzt auf die Welt käme, wäre ich gewiß ohne eine blasse Ahnung, ob ich ein außergewöhnliches Talent habe. Ich wüßte meinen Traumberuf nicht, und beim ersten Anlauf könnte ich ihn möglicherweise auch verfehlen, selbst wenn ich glaubte, es sei mein Traumberuf. Ich würd mir vielleicht etwas Romantisches ausdenken und dann erst merken, daß die Sache und ich nichts Besonderes ergeben.

Aber damit wäre mein Leben nicht gelaufen. Ich könnte es wieder und wieder angehen, irgendeinen Weg würde es geben. Wenn mich kein tragisches Schicksal ereilt, und warum sollte es.

Ich könnte mir die Vergangenheit nicht vorstellen, trotz Fernsehen und Theaterstücken und Romanen nicht. Wie furchtbar der Krieg war, der Faschismus, und wie klein meine Lebensbahn danach, so viele Jahre lang, das würde ich mir immer wieder erzählen lassen, aber ich würde nicht wirklich glauben, daß man daran nichts ändern konnte.

Der Krieg, soviel würden mir meine Eltern und meine Großeltern, alle Lehrer und jeder, der den Krieg noch kennt, erzählen, der Krieg ist nichts Heroisches, in dem die Tugenden und die Schönheiten des Menschen eine Chance hätten. Der Krieg ist das Kälteste, Schmutzigste und Gemeinste, was ein Volk dem anderen antun kann.

Das würde ich verstehn. Vielleicht würde ich auch mal

einen ganzen Tag lang nichts essen, damit ich eine Ahnung davon bekomme, was Hunger ist.

Würde ich das? Nein, ich würde das wohl doch nicht tun. Einfach, weil ich gar nicht glauben könnte, daß ich etwas nicht genau weiß. Aber sogar im Leben meiner Eltern gäbe es schon die Erinnerung daran, daß es um die Erde beängstigend aussah und es nicht gut stand um den Frieden.

Wenn ich jetzt oder demnächst auf die Welt kommen würde, wäre auch das schon Erinnerung. Hoffentlich!

Ich glaube, ich würde ein anständiger Mensch werden, wenn ich jetzt auf die Welt käme.

Wenn ich jetzt auf die Welt käme, dann würde ich zusehen müssen, daß ich mein Teil Ärger und Schwierigkeiten abkriege, weil das Wichtigste getan ist. Die Welt ist vom Kopf auf die Füße gestellt. Die Welt? Nein, so wäre das nicht. Die Plagen sind nicht abgeschafft, und neben den fetten gibt es die halbverhungerten Kühe.

Früher war es schwer, aber vielleicht interessanter?

Das denke ich, weil ich eine andere Erfahrung habe und aus Gewohnheit an ihr messe.

Wenn ich jetzt geboren würde, fände ich sicher, daß dieses Leben ganz schön schwierig ist und daß man einen Haufen Ärger hat.

Tochterleben

Ich möchte mit dir reden, über mich. Schau hoch, Tochter. Ich weiß wohl, daß du früher manchmal lieber die Autoschlüssel gehabt hättest als meinen Arm um deine Schulter, und daß dir die Ansprache des Zugabfertigers eindringlicher gewesen wäre als meine in dein Leben hinein, das immer nur ganz so sein sollte, wie es dir der Augenblick eingab. Mit welcher Entrüstung hast du es abgelehnt, über Folgen zu sprechen. »Das weiß keiner, das ist lange hin, das kann man dann immer noch sehen.« Wenn man länger lebt, fällt man über den nächsten Stein und sieht am Horizont Fata Morgana und Unwetter deutlich.

Sie hat mir nicht zugehört. Eines Tages werde ich in einer Narkose nicht über irgendeinen Kerl schwatzen, sondern mein tiefstes kummervolles Geheimnis preisgeben: »Sie hat mir nicht zugehört. Sie war meine Tochter und hatte die Fähigkeit, sich die Ohren abfallen zu lassen.« Traten aber die vorsichtig oder plump vorausgesagten Folgen ein, winkte sie auch ab. Sie hatte zu tun mit dem Stand der Dinge, was interessierte sie da mein Kartenlegen vorher – und hatte ich überhaupt etwas gesagt, womit eine was anfangen konnte? War nicht doch noch mein Anteil herauszuschinden, hatte ich nicht abstrakt, neunmalklug, verblasen, übertrieben geredet?

Ich möchte mit ihr reden, über mich. Aber in ihrem Blick wird liegen: O nein, nicht schon wieder.

Wann je haben wir über mich geredet, so, daß nicht doch das ihre wie ein fremdes übereifriges Bächlein eindrang in meinen Strom.

Sie hat mir nicht zugehört, und zu oft kam es nicht an auf mich. Wie ungerecht meine Wertung sein mag, es brennt bis heute. Sie war mein ein und alles.

Lüge.

Sie war mir wichtiger als alle anderen Menschen.

Darüber wäre nachzudenken. Es kommt der Wahrheit in die Nähe, aber es hat auch andere Augenblicke gegeben.

Ich bin immer zu ihr als dem mir wichtigsten Menschen zurückgekehrt. Alles andere waren nur Ausflüge.

Ich hätte ohne sie nicht leben können.

Ich hätte mir ein Leben ohne sie nicht mehr vorstellen wollen.

Sie kannte mich besser als jeder.

Sie kannte, was ich von mir herzeigte, und vieles davon war die Rolle Mama. Eine Mischung aus Bestrafung meiner Mutter durch Bessermachen, aus Vernunft und blanker Liebe, aus Instinkt und Experiment.

Und immer auch etwas für die Umwelt, daß sie doch sehen sollte, wie wunderbar Mütter sein können, wenn sie ihre Töchter verstehen. Mütter, keine Ungeheuer, niemanden nervend, weder quakend, noch sich in alles einmischend, anmutige Wesen, schöne Personen, die jedermanns mäßige oder grandiose Klugheiten andächtig aufnehmen.

Tochter, ich war nicht immer großartig. Manchmal habe ich mich gedrückt, es gab, daß mir die Angst vor stärkeren Mächten über dem Kopf zusammenschlug und ich um mich trat, als stünde uns das Wasser schon bis zum Hals. Als es dir das erste Mal nicht auf mich ankam, verlor ich den Boden unter den Füßen. Du hast um einen unansehnlichen Piepel von knapp deiner mittleren Länge, einen Bengel ohne Verstand und Aura, gegen mich gekämpft, daß für Augenblicke unsere vorher ganzjährige Kristallisation von uns abfiel. Worum überhaupt ging es? Um deine leidenschaftliche Teilnahme an Zurufen vom Fußballrand, zwei kalte Hintern auf einer abgeblätterten Parkbank und vier Augen hoch zu den Sternen, die es vorher nicht gab. Eine Stunde zu spät nach Hause, Ausbruch aus der üblichen Zuverlässigkeit beider. »Ich lasse dich nicht warten, damit du nicht denkst, mir sei etwas mit dem Auto passiert, du lasse mich nie warten, weil ich vor Angst sterbe.« – »Na und?« Ich kann diesen Satz bis heute nicht mehr hören. Der Junge war dir wichtiger als ich, es kam dir nicht an auf mich, und du hast mir nicht zugehört.

Er verschwand im Nebel, kein Gedanke mehr an ihn, wer war der überhaupt?

Dann gab es deine Stunde mit IHM auf einem Kinderkarussell am Spielplatz nahe dem Haus. Wenn ich die Andeutungen verstanden habe, war dies der Abschied von der Kindheit und das Karussell schon verfremdet, eine zu späte Rückkehr.

Der Mann aber war eine unerreichbare Persönlichkeit, mit Charme, Geist und Vergangenheit sowie unverrückbarer Gegenwart, ein Mann, der einen Teil der Seele mitnimmt. Dies war deine erste Erfahrung, nicht die verfolgte Unschuld zu sein, die mühsam von sich Abdrängende, sondern jene, die in der Tür stehenbleibt, ob nicht die Schritte, die da fortführen, vielleicht doch zurückkehren.

Leid, in das auch die Mutter nicht eindringen kann. Auch sie hat nur Worte und Gesten. Sie erhält nicht Auskunft und jede dringliche Nachfrage ist Todsünde.

Im Gesicht der Tochter steht, daß dieses Leben keinen Sinn mehr hat. Das Absammeln der Tabletten aus allen Schubladen und der unordentlichen Hausapotheke schafft der Mutter keine Linderung der Angst. Die Balkontür steht offen, auf der Straße fahren Autos, es liegt noch eine Rasierklinge herum. Das Gesicht der Tochter gibt das Signal, »ihr werdet schon sehen«. Die feige Seele der Mutter gebärdet sich rabiat.

Ein Tagebuch wird heimlich gelesen, aber das zusätzliche Wissen gibt nur den grauenvollen Ängsten recht, es läßt sich nicht benutzen, denn es war ausgemacht, daß keine der andern Heimlichkeit berührt. Schwachsinnige

Verabredungen wider das lebendige Leben, aber nur Töchter dürfen alle wichtigen Verträge aufkündigen, alle Bemühungen sinnlos machen, dürfen Zorn stauen gegen langjährige subtile Unterdrückung, auch wenn die nur darin bestanden hat, daß man nicht im hochgelegenen offenen Fenster herumturnen darf. Oder nicht alle Wörter sagen. Nicht solange aufbleiben, wie es einem am Abend günstig scheint.

Mütter haben sich an das zu halten, was verabredet war, sie waren schließlich dumm genug, es sich auszudenken. Tochter, ich habe deinen Tod durchlitten und war zudem die Gedemütigte, als der um Rat gebetene Verursacher aller Schmerzen herablassend sagte: »Benimm dich nicht wie eine Mutterkuh. Sie ist bezaubernd, und sie wird es wie alle Menschen überstehen.« Vielleicht war dies mein erster Verrat an dir, daß ein paar vordem so glühend durchblutete Fäden meines Herzens taub blieben danach. Ich sah die nächste, jedenfalls ähnliche Begeisterung, und alles fing von vorn an. Mühsam gebe ich zu, daß ich mich nicht mehr ganz so aufgeregt habe. Nein, nicht mehr ganz so. Eine Spur von Lästigkeit durchzog das Gemüt, und die Sorge hatte keine Feuergarben mehr, obwohl der Anlaß dazu nur wenig geringer war. Dieses wenige war meine Hoffnung.

Du warst zu jung für die große Liebe. Aber das schließt sie nicht aus. Wie sollten wir beide ertragen, daß dies, zu früh, dennoch der höchste Stern in deinem Leben war? Das kann man nicht aushalten. Dein Leben fing doch erst an, und ich hatte noch ganz und gar die Verantwortung für dich. Aber eine solche Begegnung, ich ahnte es, meine Lebenserfahrung konnte nichts dagegen ausrichten, eine so große Begegnung hat man nicht beliebig oft. Ich hätte es uns so gern ausgeredet. Das war noch gar nichts, hätte ich gern gesagt und das Erlebte banalisiert. Aber das war nicht möglich.

All die Jahre seither kreist unser Leben um dieses frühe Ereignis, das die Unschuld unserer Bemühung um eine ideale Beziehung zueinander zerstörte. Auf einmal waren wir, wie wir sind. Unreif, nicht wirklich erwachsen, lebensfremd, sprachlos, ohne Mittel, miteinander auszukommen, wenn es alltäglichen Krempel übersteigt.

Ich sah dein Gesicht im Schlaf, angespannt, ich sah es mit heißem Mitleid und sträflicher Hilflosigkeit. Zigaretten habe ich angeboten, Kaffee gekocht, und so getan, als könnten wir gleich loslegen, alle Tabus brechen, schnattern, schwatzen, uns amüsieren, mit den Dingen fertig werden. Das war nichts, war kläglich, denn ich wußte nicht, wie ich damit umgehen sollte. Wie krieg ich das aus der Welt?

Gar nicht. Das Leben hat es abgeräumt, und mein Verdienst dabei war nicht einmal, dich aufzufangen, denn auch über den letzten großen Gong hatte ich keine Auskunft. Ich will nicht fragen, was ich an dem Tag, an dem es ganz auf mich angekommen wäre, alles falsch machen mußte, weil ich nichts wußte.

War ich laut? Nun frage ich doch. Habe ich dich gefragt, ob du schon wieder geweint hast? Ob deine Schularbeiten fertig sind? Ob du mir hilfst, die Kohlen hochzutragen, ob wir nicht ins Kino gehen wollen, den Fernseher anstellen, ob du nicht eine Tafel Schokolade möchtest? Das sind so Dinge, die ich dich damals jeden Tag gefragt habe. Vielleicht hast du gedacht: Fall tot um.

Bis heute weiß ich nicht, ob ich dir nicht doch hätte Ohrfeigen geben sollen, Hausarrest erteilen und dich bis über beide Ohren mit mir und meiner Unverschämtheit beschäftigen. Vielleicht hätte das deine Gefühle abgelenkt.

Aber das konnte ich nicht. Ich hatte dein frühes Leid durch mein überspanntes Verständnis mitverschuldet.

Das sagt sich so. Ich habe meiner Mutter nicht die geringste Kenntnis von meiner ersten Liebe gegeben und bin auch zwischen Tod und Leben getaumelt.

Ich habe deinen Kummer nicht verhindert. Das wäre mir nur möglich gewesen, wenn ich dir die ersten unschuldigen Freuden mit ihm versagt hätte. Warum solltest du nicht mit einem kundigen Mann ins Theater gehen, nicht in ein feines Restaurant? Er hat gemacht, daß du Aristophanes gelesen hast und dich geschminkt, als müßtest du Alter überdecken. Es paßte mir nicht, aber eine Bemerkung dagegen ist dann eine gegen den Lebensanspruch. Er hat dich spöttisch gemacht, dir Kraft im Kampf um die Uhrzeit beim Nachhausekommen geweckt. Und manchmal war mir, als ob wir würdelos um einen Fetzen rangelten.

Du hast deine Hand von mir zurückgezogen und sie in die Hand eines Menschen gelegt, der dich geliebt hat. Auf seine Art. Entzückt und ohne jede Verpflichtung.

Ich konnte nichts für dich tun, damals.

Ich will mit dir reden. Über mich. O nein, sagt dein Blick, nicht schon wieder.

Ich habe die Fehler meiner Mutter nicht gemacht. Das ließ mich eine Zeitlang glauben, meine Tochter habe eigentlich verdammtes Glück gehabt, ausgerechnet mich als Mutter zu besitzen, ganz und gar zu besitzen.

Du glaubst es immer noch, Mama, wenigstens manchmal. Und wie solltest du auch anders leben können. Ich weiß das, weil ich nun selbst eine Tochter habe und mit ihren gelegentlich eisigen Blicken fertigwerden muß. Sie ist noch jünger, als ich damals gewesen bin. Aber kaum ist sie aus der Schule zurück, klingelt es an der Tür und es kommt ein junger Mann herein, knapp fünfzehn wie sie. Schweigend geht er an mir vorbei in ihr Zimmer. Er denkt, daß er sie einmal verlieren wird und weint deswegen jeden Tag. Sie tröstet ihn wie eine Mutter. Ich kann mich nicht erinnern, daß sie mich je getröstet hat. Manchmal möchte ich ihm am liebsten eins auf die Nuß geben, weil er mich ansieht, als sei er der Retter aus einem vorher zu schweren Schicksal.

Ehe ich eintrete, klopfe ich an. Sie bitten mich niemals, hereinzukommen. Sie kommt heraus. Ich würde etwas darum geben, zu wissen, was sie eigentlich machen. Manchmal gucken sie Fernsehen. Oder sie macht Schularbeiten und er guckt. Sie lesen nicht, sie gehen nicht ins Kino, ich habe auch nicht beobachtet, daß sie sich unterhalten. Er kitzelt sie. Das ist mir unerträglich peinlich. Wenn ich doch ins Zimmer komme, legt er den Arm über seine Augen.

Ich kann mit dieser Geschichte nicht umgehen, ärgere mich über mich selber und darf doch nicht sagen, daß ich diesen Jungen unpassend finde. Er ist kleiner als sie. Sie sagt: »Na und?« Als ob ich mich taktlos über Behinderte geäußert habe.

Ein schlimmer Gedanke, daß es ihr jetzt mit mir geht, wie es mir mit dir ergangen ist.

Du denkst bestimmt oft an die gute Zeit, die wir miteinander hatten. Und ich denke an alles, was ich trotzdem ganz allein durchgemacht habe. Wovon du nichts gemerkt hast, oder du hast mir die falschen Ratschläge gegeben, oder du hast mich bewahren wollen, wo ich nun bis zuletzt nie wissen werde, ob es nicht das einzige schlimm Versäumte ist, das sich nie nachholen läßt.

Mama, du hast eine Art, die Zeit unserer, meiner Kindheit zu erzählen, die mir ein ebenso ungerechtes Gegenteil aufzwingt. In deinen Worten ist alles so wunderbar einfach und geschah einzig aus der Liebe ...

Aber du weißt nicht, Mama, wie oft ich dich auch gehaßt habe. Ich möchte ja selber, daß es nicht wahr ist, weil ich kein so ausgefallenes Wesen bin, daß ich nicht befürchten müßte, es sei ganz normal und meine Tochter hat nun eben dieselben Gefühle, unter vielen anderen, auch für mich. Ich will es nicht wissen.

Und du bist genauso. Es war dir normal, daß ein Kind sprechen, lachen, denken muß, sich Erfahrungen holen, andere Menschen gleichen Alters braucht, daß Liebenkönnen auch ein Lernprozeß ist, den mancher verpaßt, und dann kann er nicht lieben, nie wirklich, ein Unvermögen, das ihn ein Leben lang nicht verläßt. Aber wer lieben lernt, lernt auch, nicht zu lieben. Lernt auch, Aggressionen zu haben. Nur gegen Fremde?

Mama, es hat zu wenig Kraft in mir geweckt, daß du alles richtig machen wolltest. Wie gemütlich war es, wenn wir uns zusammengesetzt und über alles geredet haben. Aber da hast du mir, von der Höhe deiner zwanzig Jahre mehr, alles erklärt. Was sollte ich da noch klären oder durchsetzen wollen? Warst du nicht immer die Witzigere, Erfahrenere im Mantel der Freundin – und ich damit hoffnungslos unterlegen, wie im Strampelanzug, während wir sogar rauchten, sogar Bohnenkaffee tranken, du mir dies also schon zugestandest? Zu früh, das wußten wir beide, und damit war es dick aufgetragene Kumpanei. Das habe ich erst nicht verstanden und dir dann nicht übelgenommen, aber ich habe es auch nicht mehr überbewertet, was du gern wolltest. Ich denke heute, daß du deiner selbst nicht sicher warst, eher sehr unsicher. Das kann ich gut verstehen. Ich erlebe mich selber. Linkisch, nach Worten suchend und anscheinend immer nur die falschen findend. Es gelingt mir nicht, auch nur einen guten Rat unterzubringen, ohne daß ich als lauschende, spionierende, dreinredende Muttermaschine abgewiesen werde.

So war ich nicht zu dir. Ich hatte großen Respekt, den hatte ich sogar, wenn ich dich nicht leiden konnte. Deine Bemühungen um unsere Unabhängigkeit waren Arbeit, ständige und schwere Arbeit, das habe ich gesehen und dagegen erhob sich nie ein Gefühl, es fand sich einfach keine Ungerechtigkeit.

Und dennoch: Es mag Angst um mich gewesen sein, daß du mir zwar zuhörtest – aber mir scheint auch heute noch, du konntest einfach nicht aufhören zu reden. Deine verdammte Sucht, mein Durcheinander zu ordnen, mir zuvorzukommen beim Harmonisieren. Du hast dir, immer an meiner Stelle und meist zu früh, etwas einfallen lassen. Gegen die verbitterte Lehrerin, die sich an deinem Kaffeetisch als unglückliche einsame Person herausstellte. Das kam uns allen zugute, und wir haben sie später noch viele Jahre lang besucht. Aber nicht wir waren mit ihr fertiggeworden, sondern du. Ideen gegen das Betatschen durch die blöden dreizehnjährigen Mitschüler, gegen die schreiend ungerechte Zensur für »Schrift«, als durch die Schuld des unerfahrenen jungen Turnlehrers mein rechter Arm gebrochen war und ich den Aufsatz halt mit der linken Hand schrieb. Du hast mir nie etwas gefallen lassen. Woher kommt es dann, daß ich daraus nicht fröhlich die Kenntnis bezogen habe, wie man sich kein Unrecht gefallen läßt? Sondern mir nun schon Jahrzehnte lang von zu vielen Leuten zu lange zu viel gefallen lasse? Ehe ich diesen Zustand, der mir immer wiederkehrt, oft sehr hart, schnell, nicht sehr souverän, beende?

Habe ich vielleicht zu wenig Übung im Austragen von Konflikten? Aber damit stehe ich nicht allein. Wir drängen uns aneinander wie die frischgeschorenen Schafe, meine Freundinnen und ich, da muß es noch gar nicht donnern oder blitzen. Wobei: Irgendein Gewitter ist ja immer im Anzug.

Ich habe dir in manchem eine sehr klare Gesinnung zu danken. Du hast mich aufgeklärt über Krieg, Faschismus, Kolonialismus, über den Kapitalismus, so gut du es wußtest. Das zeigt sich jetzt als nicht sehr hilfreich.

Bei uns durfte immer jeder mit an den Tisch. Wer zur Tür hereinkam, mußte etwas essen. Bei uns gab es immer große Suppentöpfe, es gab alles, von Pferdegoulasch bis Langusten.

Weise warst du nie. Du hast aus deinen Erfahrungen ziemlich wenig gelernt.

Aber das ist dein Leben. Nur daß ich es eine Reihe von Jahren teilen mußte und dich auch als Chamäleon erlebte. Was für nette Papas in spe. Sie wollten dich, aber so ohne weiteres war ihnen das nicht anzumerken. Sie schienen auf eine Tochter aus zu sein. Und waren immer nett, nie böse, aufmerksam lauschend, immer betonend, wie ähnlich wir uns sind, wie schwesterlich. Klappte es mit dir nicht, zeigte sich flugs, wie schnurzpiepe ich ihnen war. Ich war ein Schritt zu deinem Herzen.

Ich kenne dich als eine Frau, die vom Sinn ihres eigenen

Lebens zur Stunde meiner Geburt noch sehr wenig gewußt hat. Was du heute darüber weißt, hast du während meiner Kindheit erworben.

Ich war das einzige, was du in deinem Leben – lange, ausdauernd, einsteckend und austeilend auf deine Art – immer geliebt hast. Mehr kann ich dir nicht zugestehn.

Tochter, was immer ihr uns sagen könntet und in eurer netten unbefangenen Art wohl auch gelegentlich sagen werdet: Ich weiß, daß wir euch auf neue Weise gegen uns furchtsam gemacht haben. Ohne Schläge, ohne Nahrungsentzug, ohne Hausarrest, ohne unerträgliche Rechthaberei.

Wir sagen unseren Müttern gar nichts. Wir haben ihnen verziehen und fangen an zu verstehen, halten ihre Hände, haben Mitleid mit ihnen und schenken ihnen etwas. Aber wir sehen auch zu, daß wir sie nicht zu oft sehen, weil wir die alten Geschichten, die alle nicht wahr sind, schon kennen. Und weil der Mann an unserer Seite, der, der bleiben soll und geliebt sein und verstanden werden, diese Geschichten nicht auch noch dreißigmal hören soll.

Glaubt ihr uns, Töchter, wenigstens, daß wir an unseren Künsten als Mütter zweifeln?

Das wäre das mindeste. Das wäre wenig.

Ihr macht nun eure eigenen Fehler. Nicht alle lassen sich auf uns zurückführen. Jeder zieht anderleuts Kinder auf. Dazu braucht es Reife und Güte. Seid ihr alle Korczaks? Nein, ihr habt eine Meinung über euch. Ihr habt euch die Freiheiten genommen, um die wir uns noch die Kissen voll geheult haben. Für euch war so vieles selbstverständlich.

Und ist es nicht mehr. In der Bedrohung nun treten wir uns auf eine neue, ungekannte Weise näher. Es kommt nicht mehr darauf an, ob wir euch geboren haben oder euch nur schwesterlich und mütterlich zugetan sind. Verluste von Ausmaß drohen. Da sind wir aufeinander angewiesen und werden uns gemeinsam zu wehren haben. Wir bringen unsere Erfahrungen nun doch eben ein, und ihr den Schub, daß ihr betroffen seid.

Es ist nicht hinzunehmen, daß ihr wieder bei der unweisen Frau mit der Seifenlauge landet. Oder lernt und studiert, um dann ohne Lust dazu als Abhängige zu leben. Dafür lohnt es noch einmal, vom Tisch zu wischen, was wir uns in anderen Zeiten, besser belehrt über die andere, bündig um die Ohren hauen können.

Es wird uns leichter sein, wenn der Zauber einer so nie gewesenen Zeit vollkommener Verhältnisse abgesagt ist.

Ich habe dir das nie gesagt

Das Alter erbringt unter dem Strich keine glatte Summe. Wir vergeben unseren Übeltätern nicht wirklich, und wenn der Feind in der eigenen Brust oder in den eigenen Genen saß, wissen wir auch das, unabweisbar und schmerzlich.

Meine Generation von Frauen hat wenig Originelles und Originäres eingebracht. Wir waren verunsichert von unsicheren strafenden und leidenden Müttern und siegenden oder fallenden soldatischen Vätern. Kaum wagten wir, als erste den Schnee zu betreten. Wir suchten immer nach jemandem mit größeren Schuhen, der uns vorangegangen sein könnte.

Es liegt nahe, sich alles mit den Umständen zu erklären. Das Gewissen forscht aber nach, in den Entscheidungen, die uns doch eine Hand frei ließen, einen Daumen, der nach oben oder unten zeigen konnte. Es muß an den wenig Sicherheit bietenden Zeiten gelegen haben, daß die Männer meist mehr wollten, als uns nur beizuwohnen. Leichtes Blut und leichter Sinn, das hat es auch gegeben, aber eher versuchten wir, einander festzuhalten. Eifernd darin waren auch die falschen Männer für die falschen Frauen.

Wie sollten wir in der Nachkriegszeit ein Bild haben von dem Menschen, mit dem sich leben läßt? Noch aus der Wochenschau oder schon aus den amerikanischen Revuefilmen, die denen der Ufa nahtlos folgten? Von den heimgekehrten verstörten und versehrten Vätern? Die konnten uns gar nichts sagen. Und welche Sprüche hatten die zur Legende gewordenen hinterlassen, die für uns nun ewig die blieben, die uns mit stoppligem Bart noch einmal geküßt hatten, in unserer Erinnerung kaum Schnappschuß, unserer Mutter lange nachwirkendes Leid? Unbeholfene Briefe mit sonderbaren Formulierungen, die uns eigentlich nichts angingen, außer daß sie uns eine Liebe hinschrieben, die uns eher peinlich war, denn im Alltag vorher hatten wir davon nie ein Wort gehört.

Wie sollten wir ein Bild haben von uns selber, von dem Ich, nach dem zu streben lohnt?

Wir begegneten jungen Männern, die waren schon Landser gewesen und hatten zynische Sprüche drauf. Oder sie waren um ihre Ideale betrogene Hitlerjungen, die jetzt nach einem neuen Führer suchten. Glauben wollten sie an nichts mehr.

Unserer Sehnsucht nach Romantik hätte der Sohn eines Widerstandskämpfers wohl entsprochen. Aber die verfolgten Väter, die überlebt hatten, zeugten ihre Kinder häufig erst jetzt, nun unbedroht vom Volksgerichtshof. Wir begegneten auch netten Jungen, die waren uns ähnlich, hatten Hunger wie wir und keine Ahnung, wie ihr Leben verlaufen würde.

Heute weiß ich das.

Heute weißt du das. Du siehst deine Spinnereien von damals mit Befremden und sagst, auch du habest nach der uralten Regel gehandelt: Was man selber nicht bringt, erwartet man am ungeduldigsten von jedem anderen.

Mancher von denen lebt noch. Du sagst, er sei auch nicht mehr zu vergleichen mit dem, der dich damals unbedingt wollte. Der Mann, der dich später wegen seines Gehabes im Amt entsetzte, den du verachten lerntest und dem du dann aus dem Weg gegangen bist, um ihm nicht die Hand geben zu müssen, der war anders, als ihr jünger wart und er noch keine Macht hatte, sondern seine unbändige Sehnsucht nach deiner Bewunderung und deiner Treue. Er pflückte Blümchen, schrieb Briefchen und er hoffte von dir, du könntest ihn aus seiner beginnenden Vereinsamung lösen. Aber du, du wolltest von ihm überwältigt werden, statt ihn sacht zu heilen.

Dein Urteil über dich ist zu hart. Du warst mutig, als du mit ihm gebrochen hast. Obwohl du Angst hattest, als er sagte: »Für mich gibt es nur Liebe oder Haß. Wenn ich dich nicht mehr lieben kann, dann werde ich dich vernichten.« Solche Sprüche klingen, als hätten unsere Geschichten in der Zeit von Hamlet gespielt.

Was Wunder, daß du diesen Mann gefürchtet hast. Und andere, die sich deinetwegen umbringen wollten. Auch da war die Furcht größer als das Ereignis.

Nun sind wir aber unausweichlich dort, wo die Metastasen entstehen, die seit damals dein Gemüt durchwachsen. Es ist nicht, daß du mir leid tust. Das wäre Anmaßung. Ich denke nach, ob du zu versöhnen wärst mit dir selber. Anderen im Verständnis aufgeschlossen, sprichst du dir Vergebung ab. Und erinnerst dich an alles.

Es bot dir einer seine Liebe, Verbindung war beschlossen. Die Zusammengehörigkeit sollte alles umfassen, auch das Leben vorher, auch deine Tochter. Er sehnte sich nach seiner Kleinen, die mit der Mutter bei der Scheidung fortgezogen war. Seither wußte er wenig über das Kind, nicht einmal, ob seine Zahlungen angemessen waren. Du hast ihm die Fahrkarte gekauft und ihn gezwungen, in die Stadt zu reisen, in der beide leben sollten. Du meintest, es nütze dem Kind wenig, wenn sein Vater nachts weint. Wenn es nichts zu helfen gibt, dann reise wieder ab und begreife, daß es dir nicht um das Kind, sondern um deinen Verlust geht. Muß Hilfe sein, dann laß sie uns bedenken.

Das Kind war in einem Heim untergebracht worden, weil die Mutter es aus beruflichen Gründen nicht bei sich haben konnte. Das machte die bisherigen Gefühle des Vaters zu sentimentalen. Er hätte das wissen sollen, sagtest du. Er gab es zu und wollte einschreiten. So ist das kleine Mädchen bald darauf zu euch gekommen. Du hattest vorher Latzhosen und Pullover gekauft und ein Dreirad. Deine Mütterlichkeit lag auf der Lauer, und wenn du sie auch überschätzt haben magst, du hattest nur ein Kind und durchaus noch offene Arme.

Das Kind gab dir nicht die Hand, war nicht bereit, das Dreirad anzunehmen, schlug die Bilderbücher nicht auf, aber über die neuen Schuhe statt der viel zu großen Jungenbotten freute es sich. Das Mädchen erbarmte dich. So dünne Finger, sie war so wehrlos und mißtrauisch. Sie verweigerte auch das Essen, wiederum nicht den roten Teddymantel, der am selben Tag gekauft wurde.

Das Kind hatte Hammerzehen und durch unbehandelte Rachitis einen eingefallenen Brustkorb. Es brauchte frische Luft, Vitamine, aufbauende Nahrung und ununterbrochene Geduld.

Am ersten Tag hast du dich weit überboten. Du sagst selber, das war ein Fehler. Du warst wie die heitere Mama aus der Fernsehserie, einmalig, unwirklich, ausgedacht. Unter den bewundernden Augen des Vaters machtest du aus Häppchen Spielzeug, um die Nahrung des Kindes zu verkleiden und ihm damit annehmbar zu machen. Dagegen wäre nichts zu sagen, wenn das Kind nur ausnahmsweise die Nahrung verweigern wollte. Aber so war es nicht. Die Störung kam aus Verstörung, und du hättest sehen müssen, daß es Fachwissen brauchte, um den Ursachen beizukommen. Nur: Du warst gerade in der Phase, in der man alles kann.

Du hast rasch entschieden, daß es gut wäre, das Kind zu nehmen. Nach einem Gespräch mit der natürlichen Mutter wurde so beschlossen. Du sagst, die Frau habe versucht, deine Motive zu ergründen. Sie war in Bedrängnis, hatte eben von ihrem Liebhaber noch einen Sohn geboren, aber im Ausweis des Mannes die Eintragung eines neuen ehelichen Sohnes entdeckt, was wenig zu seiner Behauptung paßte, die Ehe sei längst nur noch formal.

Deine Vorgängerin hatte keine Beziehung zu Kindern, und sie konnte sich dein Verhalten nur mit Schläue erklären, nur mit dem Versuch, dem Mann eine Übermutter vorzuführen.

Du behauptest, ihre Ansichten seien für dich nicht wichtig gewesen. Das glaube ich dir nicht. Sie war ein

Kraftbündel, eine kreative, unglaublich egoistische Person, die sich von niemandem die letzte Tasse Kaffee aus der Kanne wegtrinken ließ, und hätte sie dir das Kind nicht geben wollen, du hättest es nicht von ihr gekriegt. Du bist mit ihr nicht fertig geworden. Sie fand dich wichtigtuerisch und auch ein bißchen lächerlich, kam aus besserem Haus und hatte enorme Ansprüche an das Leben. Die sind nicht aufgegangen. Und dennoch warst du ihr unterlegen. Du hast immer geahnt, daß diese Frau dem Mann, der nun deiner war, größere und gewaltigere Gefühle entlockt hatte, trotz allem. Du führst viele Gründe an, warum er sie eigentlich nicht hätte lieben dürfen. Aber er hat sie geliebt, und es geht eben nicht immer nach Verdienst.

Ihr beide habt ein enormes Gewese gemacht um eure Verbindung. Zu viel Erwartung, zu wenig Erfüllung und verbissene Mühe, das Glück zu zwingen. Vertrauen wurde vorausgesetzt, sofort und absolut. Und verlangte tägliche Beweise. Die gibt es so nicht. Vertrauen wächst nicht durch dramatisches Abverlangen, sondern nur aus den Vorgängen des täglichen Lebens.

Beide seid ihr eitel, unausgelebt und voll von falschen Theorien gewesen. Alle Anzeichen dafür wurden als noch zu geringe Mühe gewertet, nicht als Übertreibung, was eher gestimmt hätte.

Diese neue Tochter hat alle guten Seiten in deinem Inneren berührt. Sie lag in ihrer Entwicklung weit zurück, ihre Phantasie war nicht von Liedern und Geschichten angeregt worden. Die Vierjährige nannte sich selber noch wie eine Fremde, sie konnte gestern und morgen nicht unterscheiden und steckte voller Aggressionen. So große arglos blaue Augen, sagst du. Aber du erinnerst dich auch, wie schwer es dir gefallen ist, das Mädchen zu verstehen. Es war zerbrechlich und grob. Da es eine Zeitlang bei Cousins gewohnt hatte, gebrauchte sie deren kraftmeierischen Wortschatz, nannte den Vater eine Sau, und der schwankte zwischen Verstoßung und Ohrfeigen.

Du glaubtest, deine Zärtlichkeit und deine Gelassenheit würden die kleinen Eisstücke auftauen, die das Handeln der Erwachsenen in das Herz des Kindes gelegt hatten.

Da ist dir mehr gelungen, als du dir jetzt zugestehst. Als das Kind in die Schule kam, hatte es aufgeholt, war den anderen Kindern gleich. Obwohl du nicht nur gütig warst.

Das kleine Mädchen hatte Bosheit in sich, vielleicht war es auch Vergeltungsdrang. Du hast den unberührten Teller nicht immer schweigend und ruhig wieder abgeräumt, sondern auch die Nerven verloren, wolltest ihr den Nachtisch nicht geben, ehe sie nicht das Gemüse und das Fleisch gegessen hatte.

Aber sie war stärker als du.

Später hast du ihr das Kompott statt der Hauptspeise gelassen, aber nicht gleich. Einmal hast du sie mit Liebe erpreßt. Sie hat dir zuliebe den Teller geleert. Und sich dann erbrochen. Da habt ihr beide geweint.

Heutzutage kannst du in jeder Frauenzeitschrift nachlesen, was solch Verhalten zu bedeuten hat. Aber du ewig hungriges Nachkriegskind hast geglaubt, das Essen sei ein Teil der Liebe und viel hilft viel. Wenn ihr euch nicht geliebt hättet, da wäre es nicht gegangen. Denn sie hatte eine Art, andere hilflos zu machen, gegen die wußtest auch du nichts. Es war schwer, sie zu Antworten zu bewegen. Selbst über Schmerzen sprach sie nicht. Von Instinkt getrieben fandest du sie einmal in ihrem Bett vor, sie wiegte sich auf den Knien und jammerte ins Kopfkissen.

Was soll es anderes als Liebe gewesen sein, als sie sagte, sie wollte dich beim Fernsehen nicht stören und daß du sie sofort mitten ins Wohnzimmer gebettet hast. Der unwirsche und übermüdete Arzt vom Rettungsamt gab eine falsche Diagnose. Als Mutter wußtest du es besser und hattest recht. Du sprichst von ihren Schmerzen, als habest du sie verursacht. Mumps und Mittelohrentzündung gleichzeitig sind fast unerträglich, dennoch war euch das Leben da leicht. Du warst ganz für sie da, und noch in der Erinnerung kannst du mit dieser Mama gut leben. Sie war sehr hilflos, und es gab keinen Grund für sie, zu schwindeln. Ihr Vater unterlag dem Aberglauben, er könne ihr diese Ungezogenheit mit Strenge abgewöhnen.

Das hast du nicht geglaubt. Du hast ihn von ihr abgelenkt, was so schwierig nicht war. Er hätte lieber ein leichter zu verstehendes Kind gehabt. Und hat ihr auch gesagt, wenn er von ihr enttäuscht war.

Aber das war sein Fehler, nicht deiner.

Der Instinkt dieses Kindes war der wachste in der Familie. Sie, die früh im Stich gelassen worden war und davon nicht genesen konnte, bemerkte wohl als erste die Signale, daß es nicht zum Besten stand mit den Erwachsenen, die miteinander immer ungeduldiger wurden. Sie mag Telefonate mit Außenstehenden belauscht haben und in verqualmten Zimmern mit großen Kaffeekannen solche Auseinandersetzungen, die ewig dauerten und nur aus gegenseitiger Schuldzuweisung bestanden.

Das Kind schlug sich auf deine Seite und hielt sich an dir fest. Wie konntet ihr beide glauben, der Mann und du, daß die Kinder sich von euren immer selteneren guten Stunden täuschen lassen? Aber ihr habt das entweder geglaubt oder doch so getan. Wenn der Vater bei Tisch stichelte, legte das Kind sein Besteck weg. Einmal nannte es ihn einen »Idiot«, stand auf und schloß sich im Kinderzimmer ein. Das war ungeheuerlich, und ein Kind, das eben erst in die Schule gekommen ist, hat sich so nicht zu erdreisten.

Aber es war auch ein Kind, das am Sonntagmorgen den Vogelkäfig in die Küche schleppte, damit die Mama ausschlafen konnte. Der Vogel stieß immer denselben Laut aus. Vermutlich hielt er sich für sangeskundig. Er war nach Fräulein Löchel benannt, die zur Hilfe in den Haushalt gekommen war und ihn eines Vormittags eilig zu verlassen hatte. Da jagte sie das Kind um den Tisch und wollte es schlagen, weil es hinter der Gardine gestanden und auf den Hof geblickt hatte. Aus war es mit dem eigentümlichen gleichbleibenden Ton, der in Fräulein Löchels Brust zu Arien und Schlagern aufgeblüht sein mag.

Die Tochter liebte dich für dein energisches Einschreiten und erzählte erst nach dem Abgang von Fräulein Löchel über die täglichen Nachstellungen. »Ich hasse sie. Ich hasse sie.«

Erst viele Jahre später hast du erfahren, daß die Tochter die Gardine nicht zurückgezogen und das Fenster nicht geöffnet hatte, weil sie dachte, daß sie dann bestimmt hinausspringen würde. So war ihr, und du weißt bis heute nicht, weshalb.

Das Mädchen reagierte kaum je beim ersten Ruf. Das paßte zu ihrem sonstigen absonderlichen Verhalten. Ihr Vater erboste sich darüber und nannte es »Ähnlichkeit mit ihrer Mutter«.

Dann hast du entdeckt, daß das Mädchen schwerhörig war. Eine als Säugling erlittene Mittelohrentzündung hatte ein Trommelfell zerstört und das andere beschädigt.

Kummer und Weh hast du empfunden und unbequeme tiefe Reue. Jetzt reimte sich vieles, auch im Schulgeschehen. Fast alles war nun verständlich. Aber niemand konnte zurücknehmen, daß mit dem Kind immer wieder geschimpft worden war, weil sie nicht kam, wenn sie gerufen wurde. Es war Zufall, als du entdecktest, daß sie von den Lippen ablas. Als es bemerkt wurde, war sie schon acht Jahre alt.

Es war auch meine Schuld, sagst du. Unausgesprochen wirfst du dir vor, daß du es gemerkt hättest, wäre sie deine leibliche Tochter gewesen. Und doch, welch salbende Erinnerung, daß du zweimal in der Woche mit ihr zur Behandlung warst und sie deine Hand hielt, mehr als du die ihre. Du solltest nicht weinen, sagte sie, und bei den unangenehmen Prozeduren lächelte sie dich tapfer an.

Die Ehe war sinnlos geworden. Es gab keine Liebe mehr, und du hast recht, die Länge der Farce und eure Austragungen waren auch für eure Freunde unerträglich.

Als er endlich fort war, habt ihr ein kleines Fest zu dritt gefeiert. »Wir schaffen es allein. Wir machen es uns schön. Nicht mehr streiten, nur noch gemütliche Abende.«

Bis dahin konnten sich die beiden Töchter nicht beklagen. Die eine war kleiner und hilfloser, das sicherte ihr gelegentlich mehr Zuwendung. Mit der großen konntest du wie mit einer Freundin leben, das hast du gebraucht.

Aber der Mann hatte nun sein unkontrolliertes Leben und alle Freiheiten für sich, andererseits die Wohnungsschlüssel, um nach Belieben seine Tochter besuchen zu können. Damit blieb sein Blick auf den Dingen. Er war unerträglich präsent. Daraus entstand Verunsicherung. Gegen Einwände stellte er sich taub, er platzte ins neue Privatleben ebenso wie in den Weihnachtsabend. Neue Heimlichkeiten vor ihm wurden nötig.

Fast drei Jahre ging das so.

Dann wollte er eine neue Familie gründen. Und du hast ihm am Ende der ungleichen Debatten die Tochter überlassen. Weil er nicht bereit war, sie dir mit allen Rechten zu geben. Vielleicht habt ihr gepokert, vielleicht auch beide gehofft, leichter zu leben, wie immer die Entscheidung ausfällt.

Die Tochter wollte bei dir bleiben. Aber ihr habt sie überredet. Ihr ein leichtes Kommen und Gehen hin wie her vorgegaukelt. Er ist auf deine Erpressung nicht eingegangen. Hast du das nicht vorher gewußt? Daß er sich nie die Blöße geben würde, sein Kind amtlich abzutreten?

Neun Jahre habt ihr eng zusammengelebt, diese Tochter und du. Trug sie schon an den Spuren der ersten Verlassenheit deutlich, wurde ihr nun neue Trennung zugemutet und gleichzeitig als solche geleugnet.

Es lag kein Segen drauf, sagst du.

Das Kind kam selten, dann nicht mehr.

Du sagst, du siehst sie vor deinem geistigen Auge immer in dem blauen Pullover aus dickem Garn, den du für sie gestrickt hast und den sie am liebsten jeden Tag getragen hätte, zu Hosen, sie haßte es, ein Kleid zu tragen. Dann nahm sie auf der Treppe die heimlich eingepackte Hose heraus und stopfte das Kleid hinein. Erklären kannst du heute nicht mehr, warum du ausgerechnet ihr gelegentlich etwas aufzwingen wolltest.

Du hast um die Tochter geweint. Und du hast sie auch ein wenig verdrängt, am Ende über weite Strecken sogar fast vergessen. Sie mahnte in der Seele wie ein Gelübde, aber das Gelübde war gebrochen. Ihr habt euch wiedergesehen, als sie siebzehn war. Sie kam und brachte die Rechnung. Saß dir gegenüber als ein erschreckend fremder Mensch, stand vor dem Bücherregal und griff sich wahllos Bände heraus, wohl um dich nicht anzusehen.

Sie wollte wissen, warum du sie nicht mehr haben wolltest. Ihr Vater hatte es ihr so gesagt. »War ich so unmöglich?«

»So ist es nicht gewesen.«

»Wie war es dann?«

Ein klägliches Gespräch kam in Gang. Was hinderte dich, die einzige Möglichkeit zu ergreifen?

Du hättest sie um Verzeihung bitten müssen, daß du eine Mutter warst, die ihr Kind hergegeben hat, nicht zu seinem Nutzen, wie sich nun zeigte. Sie hatte bereits die dritte Lehre abgebrochen. Keine Lust, sagte sie, es macht mir keinen Spaß. Ich will nicht arbeiten. Du magst gedacht haben, daß sie es bei dir neun Jahre lang gut hatte und sei dir eigentlich ein bißchen mehr Entgegenkommen schuldig.

Und Dank?

Nein, sagst du, Dank nicht.

Aber du wolltest, daß sie ging, und konntest damit leben, als du hinter ihr die Tür geschlossen hast. Ihr hattet euch nichts zu sagen. Dieser Satz ist unerträglich ungerecht, und du weißt es. Hättest du es ihr doch gesagt. »Ich hätte um dich kämpfen müssen, dich festhalten und niemals loslassen, gerade dich nicht. Daß es schwierig aussah in meinem Leben, das habe ich mit der leiblichen Tochter ja auch geteilt. Dein Vater hätte sich an Regeln des Umgangs gewöhnen müssen, statt daß ich warte, bis Lösungen nötig sind.« Hättest du es ihr doch gesagt.

»Mein Kind, ich bin schuldig an dir und habe mein Leben um das deine erleichtert. Es ist uns beiden nicht gut bekommen. Versuch, mir zu verzeihen, daß meine Reife nicht langte für die Erkenntnis, daß ich auf dich übertrug, was um dich nicht ging.«

Als ihr euch danach wiedergesehen habt, war sie eine Frau Anfang Dreißig. Sie hat noch einmal den Kontakt zu dir gesucht. Da hatte sie drei Kinder und einen Mann, der nur stundenweise arbeitete. Er hatte auch keinen Beruf und auch keine Lust. In der großen Altbauwohnung guckte die Armut aus allen Ecken und die Lustlosigkeit auch.

Mit ihrer Kleinsten im Arm und endlich mit den Blikken ihre Augen suchend, hat dich die Wahrheit eingeholt. Und war noch immer nicht sagbar. Aber die Trauer ließ sich nicht mehr aussperren und umlügen. Sie nannte dich den Kindern gegenüber bei deinem Vornamen. Das Leben hielt dir noch einmal zwei Hände hin. Du wußtest, daß du sie nicht beide nehmen kannst.

So bist du fortgegangen und hast dein Amt als Großmutter nicht angetreten. Ihre Mutter war nun tot, mit ihrem Vater hatte sie sich entzweit.

Da lag sie, die Aufgabe. Sie hätte deine ganze Kraft gebraucht, tief in deinen Geldbeutel geschnitten, und du hättest fast alles in Ordnung bringen müssen. Auch diese nüchterne Seite ist wahr, denn sie hatte sich nicht gemeldet, solange ihr Vater den Haushalt finanzierte.

Du hast das Gesicht gewahrt und freundlich, unverbindlich und nachdenklich getan. Und wolltest weg.

Es war nicht zu übersehen, daß sie den ersten Schritt getan hatte, aber nun nicht weitergehen wollte. Sie war auf der Hut vor einer neuen Demütigung.

Nach einer Stunde bist du aufgestanden, hast die Kinder und sie umarmt, und bis auf die Straße konntest du die Tränen zurückhalten. Ihr habt euch nicht wiedergesehen.

Trost gibt es nicht. Es ist vielleicht keiner nötig, du hast so leichter deinen eigenen Weg gefunden. Und falls er doch nötig wäre, langt er nicht zu.

Es ist ja auch nichts mehr zu ändern. Falls nicht eines Tages ihr Sohn kommt und dich fragt, was du mit seiner Mutter gemacht hast. Du sagst, sie hat dich geliebt. »Der einzige Mensch, von dem ich das ganz sicher weiß.«

Er über Sie

Alles geht, und also gehe auch ich. Nicht deswegen und nicht gerade jetzt hätte es sein müssen, aber ich gehe und nehme damit für mich Gerechtigkeit in Anspruch. Dabei werde ich dir ungerecht sein. Es müßte gütig zugehn und so, daß beide Gewinn noch von einem Abschied davontragen, aber so ist das Leben nicht. Und so bin ich nicht. So bin ich nicht mehr.

Wir haben sterbenslangweilige Abende miteinander verbracht, man nennt das »ein Paar sein«. Nicht einmal Andeutungen haben wir gemacht über die wahren Gefühle, die sich in deiner oder meiner Seele sammelten. Ich denke, wir hatten sie, Gefühle, die tobten, beunruhigten, sich einzeichneten in die Blicke und Gesten.

Welches Gesicht hattest du, als du zurückkamst von der Kur, und dein Körper hat noch mit dem anderen Mann getanzt, während deine Hände schon wieder unser Geschirr wuschen und du in den Abend drängtest, damit alles in Ordnung kam?

Ich habe es dir angesehen. Aber ich wußte es schon von deinen Karten und den zwei Briefen.

So etwas passiert. Und ich hätte dir alles sagen können, was du mir hättest sagen müssen. Es war, weil du dich an keine angenehme Aufregung mehr erinnern konntest. Es war, weil du dich bis zuletzt gesträubt hast, allein zur Kur zu fahren. In dieser idiotischen Regelung, daß man nicht als Paar kuren kann, liegt ja sicher mancher Leuts Unglück. Du hast getan, als ob du wirklich schwankst und eher absagen willst, was dir der Arzt so dringend angeraten hat. Du hast dich deiner Vorfreude geschämt. Wie deine Mutter. Die will alles, kriegt alles, und ist immer die vom Leben Gekränkte. Nein, du bist nicht ganz so wie deine Mutter. Sonst hätte ich dich nicht geheiratet. Als ich deine Mutter sah, sträubten sich mir alle Federn. Ich kann diesen Typ Frau nicht ertragen. Und obwohl ich verrückt nach dir war, hatte ich durchaus den Gedanken, ich sollte jetzt meine Beine in die Hand nehmen, denn Töchter kommen nach der Mutter. Ich sehe sie vor mir, diese angeheiratete Person. Immer glätten ihre Hände mit schabendem Ehering über das Holz oder eine Tischdecke, sie verpassen jedem Kissen seine Hasenohren, und immer lauscht sie, während sie spricht. Als ob im nächsten Moment hinter ihrem Rücken das Messer gegen sie gehoben wird.

Ich hätte dich nicht genommen, wenn du dich nicht so über sie beklagt hättest. Da ich dich wollte, wollte ich auch jede deiner Erklärungen. Sags nicht Papa. Diesen Satz will ich nie wieder hören. Es war ihm doch egal, ob sie dir den halben Streuselkuchen einpackt oder dir ihre sowieso zu engen Schuhe mitgibt oder dir was erzählt über Frau Gruber und die aufregenden Fortsetzungsstories über einen einmal angefangenen und dann nicht beendeten Streit.

Schade, daß wir nicht in Amerika wohnen. Du hättest die Haustür hinter dir zuschlagen, den Namen wechseln und dich nie wieder daheim melden müssen. Da wärs gegangen. So gute Menschen. Tun niemandem etwas Böses und lassen keinen auch nur einen Tag in Ruhe. Dein Vater hat abgeschaltet. Er macht alles mechanisch und macht nur, was er will.

Und ich wollte nicht, daß du so sein sollst. Vom eigenen Gehalt heimlich was verstecken, heimlichen Briefwechsel mit irgendwelchen Verwandten führen, den Mann tausendmal läppisch übers Ohr hauen und das nicht für sich behalten können. »Mein Mann ist gar nicht so schlecht«, ein Todesurteil. Sag das über mich, und ich haue mir den eigenen Stiefel solange über die Birne, bis ich weg bin.

Du hast dich deiner Vorfreude geschämt, es war, weil ich Witze darüber gemacht habe, die sind alle geschmacklos, fahr doch zur Kur, fahr doch. Das Leben hat euch vermutlich an einen Mittagstisch gesetzt. Ich kenne dich, mehr Umstand hätte nicht sein dürfen. Ein Mann, gut zu Fuß, gesetzt, belesener als ich, ohne Mätzchen. Eine Frau mit Heimweh vom ersten Augenblick an, über sich selber lachend, mit Ansichtskarten hantierend, ohne Lust, eine einzige abzuschicken. Angewiesen auf ein bißchen Auskunft und Hilfe beim Überstehen unglaublich langer Zeit für sich selber, ungewohnt, sogar befremdlich. Keine Einkäufe, kein Geschirr, keine Wäsche, und ohne die Kollegen, die auch die meiste Zeit gereizt sind.

Ich weiß, daß du noch nichts von deinem Leben gehabt hast, und es nützt wenig, wenn ich mit allen zehn Fingern auf mich zeige, denn worin bestanden meine Großartigkeiten? Es ist sicher meine Schuld, denn nach deiner langweiligen Kindheit und dem Anfang der sogenannten Jugend, in die ich geplatzt bin, hätte es wohl mir angestanden, Feuerwerk in den Alltag und Atemlosigkeit in die besonderen Stunden zu bringen. Woher hätte denn das bei mir kommen sollen? Wir haben uns aufgerieben beim Machtkampf, ob wir jeden Sonntag oder nur jeden zweiten oder dritten oder gar keinen mehr bei deinen Eltern Tische verbringen.

Soviel Tränen um soviel verschenkte, verschluderte Zeit. Der Tisch bei euch war immer gedeckt wie für eine goldene Hochzeit. Zeigt man so an, daß man etwas verloren hat, eine liebe Tochter, um deren Schulkummer und erste Liebesängste sich niemand gekümmert hatte? Dafür war das Essen nie fertig, immer verpatzt, wurde immer entschuldigt und beschlagnahmte die gesamte Zeit, in der man sich doch einmal hätte alle Worte und Schüsseln an den Kopf werfen können, einmal hätte reiner Tisch gemacht werden müssen, damit man vielleicht dann vorsichtig erst einmal ein Stück Brot drauflegen kann.

Ich will dir etwas über uns sagen, und wie in unserer

gesamten Ehe sind wir schon wieder bei deiner Mutter. Ich packs nicht, ich werde mir immer übelnehmen, daß ich der inneren Stimme nicht gefolgt bin. Und dir, daß du alles wußtest und nichts dagegen getan hast. Du warst wieder da, und ich dachte, ist sie eine Hure, daß sie mich ins Bett drängelt, um Verdacht oder Frage zu beschwichtigen, diese Frau mit dem für gewöhnlich erschöpften Gesicht, jetzt ein bißchen gebräunt, flirrend, alle paar Sekunden in Träume verfallend, aufschreckend, ob ich etwas bemerkt habe.

Und dann hat das Telefon geklingelt. Steif wie ein Brett standest du im Zimmer, von Schuldbewußtsein angenagelt, Hoffnung auf alles zugleich: Er wird doch nicht so taktlos sein und gegen die Abmachung verstoßen, da könnte man mit dem Verwinden anfangen, so einen braucht man nicht. Vielleicht ruft er doch an und regelt alles, spielt Schicksal, spielt Glück, spielt Teil zwei mit unendlichen Fortsetzungen der Wanderungen, der Berührungen, der Sünde.

Ich bin also einer, mit dem eine Frau nicht reden kann, wenn sie etwas erlebt, das sie sich schon eine Weile erträumt haben mag, aber daß sie es erleben würde, das hat sie nicht geplant, und es kann doch jedem Menschen passieren. Die unangenehme Frage: Warum ist deine Mutter so, wie sie ist, und warum gerätst du ihr nach, obwohl du ihre Eigenschaften nicht leiden kannst? Weil dein Vater keinen Rotkohl ißt und nichts Aufgewärmtes, weil er das Geld einteilt und deine Mutter keine Bankvollmacht hat und weil es ihm dauernd von irgendwo zieht? Ein alter Meckerkopp und immer mißtrauisch. Aber so war ich doch nicht zu dir. Du warst ja schon so verhuschelt, als ich dich kennengelernt habe. Ich gebe zu, daß mir deine Unerfahrenheit aufgeholfen hat. So kamen meine Kenntnisse groß raus. Und die können ja falsch oder unvollständig gewesen sein.

Und das eben ist es nicht. Diese enge Mütze setze ich mir jetzt nicht auch noch auf. Es hat sich so eingespielt, sage ich, und du kommst ja sowieso nicht auf einen zu, du wartest Signale ab, und die müssen deutlich sein. Du bist nicht aufregend, vielleicht warst du aufregend, vier Wochen lang.

Den Verlierer erkennt man am Start. Wir hatten gar keine Chance. Unsere Gefühle waren nicht von grandiosem Umfang. Aber ich habe sauberes Geld nach Hause gebracht, und du hast deins dazugelegt. Ich kann gut mit Leuten umgehen. Ich war ein guter Leiter, das haben die Leute mir nicht nur ins Gesicht gesagt. Und warum sollte ich dich nicht lieben lernen, du nicht mich?

Während wir bei deinen Eltern in der kleinen Neubauwohnung hausten, hast du mir übelgenommen, daß mein Betrieb uns keine Wohnung rausgerückt hat. Du hast gedacht, ich bin ne größere Nummer. Und ich habe gedacht, wenn sie so beliebt ist, wie sie immer erzählt, dann würden die doch irgendwas machen wegen einer Wohnung, wenigstens was versprechen. Dort, in den ersten Monaten, ist die Selters ausgesprudelt. In den grauen Korridoren beim Wohnungsamt sind die kleinen Erwartungen abgeblieben. Man kommt nicht von unfreundlicher Abfertigung und kauft Blumen. Beim Fernsehen blieb unser Fernweh, wir sind abgeblättert in Ärgernissen, der Anlauf war zu kurz, da konnte der Sprung nicht weit sein.

Meine Neugier auf dich wurde in Rekordzeit gestillt. Obwohl der Schlüssel zu unserem Zimmer unauffindbar war und deine Mutter uns jeden Sonntag mit opernhoher Stimme zum Frühstück genötigt hat. Nach einiger Zeit habe ich bemerkt, wenn einer von den beiden auf einmal im Zimmer stände und uns erwischt, es wär mir auch egal. Da habe ich gewußt, jetzt sind wir klebrige Familie und müssen, müssen raus. Ich wollte nicht, daß ich einen Fehler gemacht habe, dich zu heiraten. Aber wo es keinen Weg zueinander gibt, sind Ankunft und Abschied nicht möglich.

Du wolltest von mir ein Kind, um wenigstens ein Jahr

zu Hause zu bleiben, weg von der Arbeitsstelle, die dir »auf den Docht ging«. Dir wäre nie eine andere Formulierung eingefallen. Man kann drauf warten. Du trägst deine Sätze länger als deine Kleider. »Da geh ich aus den Bohnen ...« oder »da könn' wir uns ja gleich die Brille aufsetzen«. So was hörst du irgendwo, und dann kaust du es wieder wie eine Kuh.

Wenigstens hast du von deiner Mutter nicht auch noch übernommen: »Der kommt doch hinten nicht hoch ...« Wurde gesagt und war genauso gemeint. Fehlte bloß noch der Stempel »Impotent«.

Zu Hause bleiben? Wir hatten gar kein Zuhause, und wir haben gelebt, als ob uns die Arme an den Leib geklebt sind. Fast ohne Gesten. Wenn ich dich ansehe und denke, daß ich dich hätte lieben können, wenn du ein bißchen mehr Schneid, ein bißchen mehr Auflehnung, ein bißchen Hoffnung oder Vision gehabt hättest.

Ich bin nicht der Größte, und manchmal kam es mir so vor, als ob ich beim Laufen staube. Aber ich könnte größer sein. Du hast mich linkisch gemacht.

Du willst Sicherheit! Keine große, du bist nicht gefräßig, aber du willst Sicherheit. Die kann ich dir nicht geben. Ich wußte, daß du als erste mit der neuen Lage fertig wirst. Ich wußte, daß du wählen gehst, obwohl du nicht wußtest, wen.

Ich vermute herum über dich. Wirf mir die Suppe ins Gesicht, es wäre mehr, als ich von dir je gekriegt habe.

Auf die Wohnung haben wir sechs Jahre gewartet. Sie hat keinen Winkel, in dem ich leben kann, es ist nicht meine Straße, aber dafür kannst du so wenig wie ich. Warum muß die Waschmaschine im Bad stehen, muß? Weil du darauf bestehst. Und weil es praktisch ist, die kleine Wäsche gleich über die Badewanne zu hängen. Aber für mich ist ein Bad der Ort, den ich am liebsten mit einer Palme und schönen Flaschen und absolut vom Alltag weg hätte. In der Badewanne liegen, das ist Belohnung für alles Krumme und Nötige, für früh raus und den Tag über sich abmühen für viel zu wenig Spaß. Das war nicht überein zu kriegen. Ich hab die Wäsche in den Trockenraum getragen, und du hast die Augen zur Decke gedreht.

Ich habe nicht geglaubt, daß ich noch den Tag erlebe, an dem ich in aller Ruhe anfange zu denken, wo und wie ich denn leben möchte. Es ist mir egal, was aus dir wird. Leider sage ich das nicht im Zorn, es ist mir wirklich egal.

Ich bilde mir ein, ich habe drei gute Wünsche, und die richte ich jetzt mal auf mich.

Der erste ist, dich zu verlassen.

Der zweite: zu erfahren, wer ich eigentlich bin.

Der dritte: es dann auch zu tun. Wo immer, wie immer, was immer es kostet.

Ich gebe mir eine Chance. Nicht groß, aber doch eine Chance. Unsere Gefühle vom Anfang sind nicht zugrundegegangen, weil du eine Schublade voller abgebrochener Lippenstifte, benutzter Papiertaschentücher und Wattebäusche, eingetrockneter Nagellacke, Haarklemmen und Krümel von Puder hast, obwohl mich das ekelt.

Wir sind uns nicht entfremdet, weil ich von einem solchen Badezimmer träume, daß sogar der Urlaub hinter einer Stunde in der Wanne zurückbleibt, und weil ich manchmal Wurst aus dem Papier esse und mir Brocken vom Brot abreiße, während du noch mitten im Krach eine Kerze zur Tütensuppe stellst. Es ist nicht, weil ich im Bett langweilig bin. Wahrhaftig, das bin ich. Ein schönes Wort: Wir haben uns vergessen. Aber bei uns stimmte das wörtlich.

Ich kenn die neuen Verhältnisse nicht. Ich werde meine Arbeit verlieren, das wird mich erschrecken, aber es wird mich zwingen, nicht bloß zu denken, daß ich eine neue Chance brauche, sondern wirklich eine zu suchen. Vielleicht geh ich zu den Grünen, zu den Nelken oder werde fahrender Ritter der Lipsia Schlaraffia.

Ich habe Angst vor dem, was kommt. Nachts träume ich, daß ich es nicht packe, arbeitslos bleibe, auf der Parkbank lande, daß man mich zusammenschlägt, daß einer vor mir den Arm ausstreckt und »Heil Hitler« sagt, was mache ich dann.

Ich werde gehen.

»Grade du!« Meine Liebe, das lasse ich mir von niemandem mehr sagen. Nie wieder.

Ich werde gehen.

Sie über Ihn

Ich werde ihn nicht wiedersehen. Zwei vernünftige Leute zünden doch nicht Häuser an, um eine Zigarette zu rauchen.

Wenn ich es mir so denke: klein, schön und unwichtig, dann muß ich nicht daran zugrundegehn.

Dich hätte ich nicht heiraten dürfen. Ich hätte nicht heiraten dürfen, egal wen, ich hatte keine Idee dazu. Aber erklären werde ich dir das nicht. Ich werde dir gar nichts sagen, ich sage es nur mir.

Ich habe davon geträumt, einmal einen bedeutenden Mann zu finden. Für den ich alles wegräumen und herschaffen und organisieren kann. Er sollte alles zuerst mit mir besprechen und dafür von keinem Alltag belästigt sein. So ein Mann, dachte ich mir, der muß was ganz Großes für die Menschheit leisten, aber ohne mich könnte er es nicht. So hätte ich meinen Anteil. Du weißt gar nichts von mir.

Ich weiß, daß ich dir jetzt ungerecht bin. Es müßte gütig und gerecht zugehen, aber so habe ich es noch nie erlebt. Schon die Vorstellung, ich sollte mich in deine Arme werfen und beichten und weinen und Verzeihung erlangen wollen, stößt mir die nüchterne Frage herauf: Warum?

Es war langweilig bei uns. Bei uns lag immer schlechte Laune auf der Lauer. Man konnte sich nie darauf verlassen, daß es vergnüglich bleibt, selbst wenn es schon mal so anfängt. Immer kam etwas Mürrisches auf, durch einen unbedachten Satz oder den dummen Zufall, daß es regnete, obwohl schönes Wetter gemeldet war. Und du hattest es natürlich vorhergesagt, und ich, angeblich, hatte dich angeschrien, daß die Sonne scheinen wird.

Da ging es dann so kühl und nüchtern zu, wie es nicht sein dürfte zwischen Leuten, die sich doch noch manchmal an der Hand fassen, oder es wenigstens müßten oder möchten. So bellen sich Hunde an. So redet mein Vater mit meiner Mutter, wenn er seine Schlüssel, seine Lesebrille, seine Zeitung, seine Fahrkarten, dicken Socken oder seinen Versicherungsausweis sucht. Er legt niemals etwas dorthin zurück, wo er es hergenommen hat, beschwert sich dann aber, wenn es nicht an seinem Platz liegt, während er es im Jackett, in der Garage oder in seinem Schrank im Betrieb vergessen hat.

Meine Mutter ist an allem schuld, schon immer. Sie kann dagegen nichts machen und versucht also, Ärger abzubiegen. Es gab Augenblicke, da habe ich sie dafür gehaßt. Er hat über das Essen gemeckert, ehe er davon gekostet hat. Als sie im Krankenhaus war, wußte er nicht mal, wie man prüft, ob Kartoffeln weichgekocht sind. Er hat ihr nie gesagt, daß sie schön aussieht. Wenn sie mit einer neuen Frisur gekommen ist, dann hat er laut losgelacht. Ich hör seine Worte noch: »Na, das reißt ja natürlich alles raus. Wem hast du denn das abgeguckt?« Ich dachte damals, mit mir macht das keiner. Wenn er nur einmal einen solchen Ton anschlägt, nehme ich einen Hammer und zerkloppe ihm sein Auto.

Ich habe dich auch geheiratet, weil ich das nicht mehr aushielt. Als wir uns das erste Mal sahen, hast du telefoniert. Ich mußte hinter einer Holzschranke warten, weil ich dir persönlich Unterlagen abzuliefern hatte. Du warst ironisch. Das hat mir imponiert. Es kam mir so vor, als ob du deinem Gesprächspartner weit überlegen bist. So hast du mir Herzklopfen gemacht. Ich habe den ganzen Tag an dich gedacht. Aber es ging nicht, von Anfang an nicht. Du provozierst immer. Ich denke, man raucht nicht bei einer Taufe und man blättert an einem offenen Grab nicht in einem Terminkalender. Du würdest das machen. Und immer sprichst du alles aus. Man kann aber nicht immer alles sagen. Wenn das jeder macht, gibt es kein Zusammenleben. Große Töne, wie meine Mutter ist. Sei doch still. Auch du hast dich gedrückt, wenn es darum ging, eine Kammer aufzuräumen oder beim Fleischer anzustehen. Wir haben beide gearbeitet, aber außerdem gab es noch viele Dinge, »von denen Frauen mehr verstehen«. Es kam mir albern vor, jede Arbeit zu teilen. Aber mir blieb immer das eine, und an das andere kam ich nie heran. Warum durfte ich nie am Auto bauen? Weil ich keine Ahnung davon habe? Nein, weil du mir keine Chance gegeben hast. Dabei hätte es mich mehr interessiert, als die Pilze einzufrieren.

Ich bin ohne Erwartung zur Kur gefahren. Es war mir unbehaglich, ich hatte Angst vor einer fremden Frau im Zweibettzimmer, überhaupt vor anderen Leuten. So eine Dorfdotsche bin ich geworden, Angst vor fremden Leuten. Ich sollte ja schließlich nicht den Ärmelkanal durchschwimmen, sondern ein paar Moorbäder nehmen für die anfälligen empfindlichen Organe. Also Unterleib, würdest du jetzt sagen und darum sage ich es nicht.

Ich war am Anfang neugierig auf dich. Die stärksten Gefühle von Sehnsucht und Lust hatte ich, als wir im Hausflur geschmust haben. Ich dachte, alle Himmel werden sich öffnen, es wird wie im Fernsehen, wenn die Frau den Mann auszieht und hinterher glückselig lächelt. So war es dann nicht. Es war nicht unangenehm, es war gar nichts. Gemessen an meiner Erwartung. Man tut es, damit es kein Problem wird, und leugnet damit, daß es eins ist.

Ich gebe zu, ich habe dir das übelgenommen. Du hattest mehr Erfahrung. Ich dachte, er muß doch herausfinden, wie es für uns beide schön ist. Zeigen konnte ich dir das nicht. Das hätte ich wohl müssen, denn ich wußte es ja für mich allein, aber ich konnte eben nicht. Woran immer es lag, ich konnte mir nichts anmerken lassen, und nie hätte ich zugegeben, daß ich meinen Körper besser kannte, daß ihm deine Art nicht gut genug tat. Und es war auch nicht so, daß es mir unterlaufen wäre, dir Zeichen zu geben. Wir waren immer mit einem Ohr bei den Geräuschen im Korridor. Du vielleicht nicht, aber ich. Als Tochter möchte man ja doch am liebsten der Mutter gegenüber so tun, als ob sich gar nichts abspielt.

Wenn du mir doch einmal zugehört und nicht immer beim ersten Satz mit dem Kleingeld in deiner Tasche geklimpert oder mit dem Besteck geklappert hättest.

Ich hänge an schönen Tischdecken und Tassen. Auch früher habe ich für mich allein eine Kerze hingestellt. Was ich vermißt habe, reichte vom Bett zum Tisch und legte sich auf alles. Wenn ich was Schönes gekocht habe, dachte ich: Und er? Was macht er Schönes? Wenn du dir selber Wurst und Schrippen mitgebracht und dir den Mund vollgestopft hast, dann mußte ich wieder denken: Gierig und ungeniert, wie bei mir.

Ich kanns nicht besser erklären. Aber ich war einfach unzufrieden mit allem und konnte mich nicht mehr freuen. Ich hatte auch gar keine Hoffnung, daß es besser werden könnte.

Allmählich wuchs ein Gefühl, das muß Haß gewesen sein. Man kann seinen Mann nicht hassen, wenn er einem nichts tut. Man kann seinen Vater nicht hassen, wenn er so ist wie immer. Und den eigenen Körper, den darf man doch nicht hassen, das ist der Anfang vom Ende. Ich tat mir leid, aber ich haßte mich auch. Es gab Augenblicke, da war der Haß stark und blind und wütig. Er wollte, daß du tot umfällst und daß mein Vater in einer Erdspalte verschwinden soll, aber ich habe nur gemeckert, daß ihr dauernd Fußball guckt.

Ich habe dir kein Badezimmer gegönnt, wie du es gern haben wolltest. Es war sowieso zu klein, und die Waschmaschine hatte keinen anderen Platz, aber ich habe dir auch nicht gegönnt, daß dein Wunschtraum wahr werden sollte.

Ich liebe Bilder. Aber wir waren nie in einer Ausstellung. Weil ich es nicht verlangt habe. Ich hab gar nichts verlangt. Ich habe gesammelt, viel Gift in meinem Leib, und bin davon krank geworden an dir und an mir. Wer bist du denn, daß du aus mir eine Null machen kannst. Gefällig und artig und immer erschrocken?

Du konntest auch anders sein. Wenn wir Besuch hatten, mochte ich dich. Da warst du heiter, nett, umgänglich, lustig. Kein Witzeerzähler, aber ein schlagfertiger, selbstbewußter Mann, der anderen Frauen schon mal tief in die Augen schaute. Das tat mir trotz allem weh, aber es passierte ja nichts.

Er saß an meinem Mittagstisch, und die fremde Frau in meinem Zweibettzimmer hatte noch mehr Angst vor Aufdringlichkeit als ich.

Mit der Gruppe bin ich spazierengegangen. Und eines Tages saßen wir auf einer Bank. Er sagte: »Ich glaube, man redet über uns. Die andern denken, ich bin Ihr Kurschatten. Dabei ist doch gar nichts.« Ich hörte mich sagen: »Leider nicht.« Dann bin ich rot geworden. Ich habs erlebt, nun hab ichs erlebt. Er ist meine erste Liebe. Damit werde ich lange zu tun haben. Wenn es ihm auch so geht, sehen wir uns vielleicht wieder, aber ich glaube es nicht.

Ich war mit ihm im Bett. Schwierig, sehr schwierig. Ich bin verklemmt, ich bin gar nichts. Aber am letzten Tag nicht mehr wie am ersten. Es könnte gehen, mit viel Geduld, es würde dauern, und immer würde er wohl kaum so ausgeglichen und ausgeruht sein, wie ich ihn erlebt habe.

Wenigstens war ich hinterher wieder nervös und unausgeglichen. Das ist doch schon was. Bei uns war mir das inzwischen egal. Ich hatte mich daran gewöhnt, daß bei mir nichts passiert.

»Du verstehst gar nichts.« Als ich das zu dir gesagt habe, da hättest du doch alles andere aus der Hand fallen lassen müssen. Da hab ichs dir doch gesagt, ungeschickt verzweifelt, aber gesagt.

Ach, was werfe ich dir vor. Zwischen ihm und mir war alles so einfach. Ich konnte reden, weißt du. Erzählen, Sommerwind, wie wird das Wetter morgen, voriges Jahr war es kalt, ich kann seit ein paar Jahren ohne Einschlaftablette nicht mehr zur Ruhe kommen, ich habe Angst, in der Arbeit zu versagen, dabei wird weniger von mir verlangt, als ich kann.

Sprichst du es aus, ist es schon nicht mehr genau so wie vorher. Dabei hatte ich nie das Gefühl, ich liege beschützt in seinen Händen. Aber ich ging immer neben ihm. Ich war ihm gleich. Du läßt mich das nie empfinden. Du gibst mir die Rechte nicht zurück, die ich dir am Anfang sorglos für beide überlassen habe. Du kennst den Kontostand, ich nicht einmal die Kontonummer. Nur ein Beispiel, es gibt viele.

Es war beharrlich, daß ich bei dir geblieben bin. Darin liegt Schuld. Das habe ich nicht gewußt. Es ist nötig für mich, daß ich mir auch selber verzeihe, nicht nur dir und meinem Vater. Daß ich denken lerne, du sollst es gut haben.

Vielleicht, wenn wir noch einmal neu aufeinander zukommen. Ohne falsche Behausung, sichtbar wie auf freiem Feld. Das Gedächtnis könnte gnädig sein, hat alles vergessen, wenn wir wie in einer langen Allee, wie zwei Fremde aus verschiedenen Richtungen, noch einmal aufeinanderzugehen. Anders, mit Sorge darum, daß es nicht trist und langweilig und ganz ohne Zauber wird. Wenn ich dich ansehen könnte, wie ich dich manchmal mit unseren Gästen gesehen habe. Dann würde ich mich in dich verlieben. Du müßtest so sein wie einmal zu Silvester. Da warst du fast nüchtern und hinreißend, du hattest so ruhige Blicke und etwas wie Zuversicht.

So ein falscher erster Anfang.

Der andere ist nicht größer oder klüger oder faszinierender als du. Aber er war dies alles bei mir. Er hatte Einfälle und du hattest keine. Jedenfalls nicht für uns.

Laß meine Mutter in Ruhe. Ich sehe sie an und denke, mein Leben wäre beinahe wie ihr Leben gewesen. Geduckt, schreckhaft und am Ende besserwisserisch aus Mangel an Einfluß.

Du weißt nichts von mir. Ich sitze am Ufer eines Flusses und träume in aller Ruhe. Dabei sitze ich dir im Sessel gegenüber. Unsere Blicke gehen sich aus dem Weg, unsere Möbel tanzen zur Tür hinaus, die ungelesenen Bücher legen sich in Kisten, unser Lieblingslied auf der Kassette ist gelöscht.

Jetzt könnten wir anfangen, und ich würde dich lieben. Jetzt bin ich traurig und liebe dich. Aber es ist zu spät.

Der Tanz der alten Mädchen

Auf dem Fußboden sitzt eine Fünfjährige. Zwischen ihren dünnen Beinen steht eine Kaffeemühle. Das Kind spielt mit ihr. Die kleinere Schwester, zwei Jahre jünger, will schreiend und weinend erzwingen, daß ihr die Ältere die Kaffeemühle überläßt.

Die Tür öffnet sich. Herein kommt eine schöne Frau, jung, in den Augen des Mädchens, das mit der Kaffeemühle spielt, angezogen wie eine Königin. Die Königin beobachtet die beiden Kinder, gibt der Älteren eine Ohrfeige, nimmt ihr die Kaffeemühle weg und gibt sie der Kleineren mit Küssen und Umarmungen.

Maria Ulrich ist gekommen, um ihr drittes Kind bei den Eltern abzuliefern. Die sind alt, katholisch, haben Angst vor Gottes Auge und werden auch den Jungen nehmen, er heißt Erich und ist der Bruder der beiden Mädchen.

Meine Mutter hatte mir früher erzählt, sie sei mit ihren Geschwistern in der Wohnung allein zurückgelassen worden. Ihr Vater habe die Mutter aus Eifersucht ermorden wollen, dann aber von ihr abgelassen und beide hätten sich davongemacht in die weite Welt, jedenfalls in verschiedene Richtungen. Die über siebzigjährigen Eltern von Maria hätten sich der Kinder angenommen.

So ist es erzählt worden und gehört zur Chronik von Düren aus der Zeit kurz nach der Jahrhundertwende. In Düren ist meine Mutter geboren worden. Sie sagt, sie selber habe lange nichts anders gewußt, als sie uns erzählt hat.

Die Wahrheit ist anders, ist perfid. Aber meine Mutter findet sie verzeihlicher. Da sind wir nicht einer Meinung, denn in der alten Version spielten immerhin die Jugend der Eltern und der Affekt eine Rolle.

Wir haben uns einmal achtzehn Jahre lang nicht gesehen, bis sie die Angst vor unserer Polizei zurückstellte und zu mir kam. Ich bekam keine Erlaubnis, meine Mutter zu besuchen.

Was ich nun weiß, weckt mir ein anderes Verständnis für sie. Die Frage, warum sie mir das nicht früher ermöglicht hat, ist ungerecht. Sie kann nicht wissen, wie tief mein Hader mit ihr war.

Maria Ulrich galt als die »zweitschönste Frau von Düren«. Das macht nur neugierig auf die Schönste. Da könnte sie grad so gut die Dritthäßlichste sein. Aber immer, wenn diese Frau erwähnt wurde, war sie eben »die Zweitschönste«.

Als junges Mädchen arbeitete Maria in einer Fabrik, wo sie Ansichtskarten mit Wasser bestrich und dann mit Flitter bestäubte, der auf den getrockneten Karten haftenblieb. Sie sind kitschig, und ich nehme Maria Ulrich selbst das übel. Vielleicht fand sie diese Karten schön.

Hubert Oswald war Schiffsmonteur und verliebte sich in Maria Ulrich. Als das erste Kind geboren war, lehnte sich Maria gegen seine Eifersuchtsszenen auf, von denen ich nicht weiß, ob sie einer Veranlagung entsprangen, oder ob Maria ihm Anlaß gab. Sie krachten und schlugen sich. Er wollte sie erwürgen und erschießen, ließ aber nach einigen Versuchen von diesen Unternehmungen ab. Sie liefen auseinander. Das Kind kam zu den Großeltern.

Maria zog nach Köln und arbeitete als Zimmermädchen. Vielleicht hat sie ihre Qualität als Zweitschönste da gebrauchen können. Spieglein, Spieglein an der Wand ...

Ihr schwarzhaariges dunkeläugiges Schneewittchen, meine Mutter weiß noch heute, daß es sich immer geschämt hat, weil die »Eltern« so alt waren. Die Herkunft meiner Urgroßmutter ist schillernd. Sie war berühmt wegen ihres »zweiten Gesichts« und ihrer hexenhaften Künste. Darum ist niemand zu beneiden. Wie Ahnungen und jähes Erfassen von Zusammenhängen samt ihren Folgen belasten können, weiß ich selber.

Ihre Vorfahren waren aus dem französischen Adel, Gutsbesitzer, Maler, Perückenmacher und Schriftsteller. Ich kann das glauben, weil diesen Berufen bei uns zu Hause kein Wert anhaftete, sie wurden zitiert wie Fremdwörter. Wenn jemand angeben wollte, dann gewiß nicht mit solchen Berufen, außer dem Gutsbesitzer. Ich kenne den Namen der Familie und weiß, wo sie gelebt haben soll. Noch dunkler, sogar im Wortsinn, ist ein anderer Teil der Familiengeschichte, in den eine hochgeborene Tochter und ein Nubier verwickelt gewesen sind.

Die Familie Ulrich war angesehen und arm. Zwei Jahre nach der Geburt von Elisabeth brachte ihre Mutter eine zweite Tochter zum Dableiben. Um die sollen ihr bei der hastigen Rückreise die Tränen geflossen sein. Maria und Hubert waren immer noch rechtlich verheiratete Eheleute, sie hatten sich in Köln wiedergesehen und dieses Kind gezeugt. Und sich wieder verkracht und getrennt. Ihre Ehe wurde erst Jahrzehnte später geschieden.

Beim drittenmal kam Maria mit einem Sohn. Und an diese Begebenheit, an die Ohrfeige und die Abweisung erinnert sich meine Mutter bis heute. Denn als die Mutter zur Tür hereinkam, flog ihr das Herz des kleinen Mädchens zu, es wollte in den Arm genommen und geküßt werden.

Aber ihre Mutter ging fort und hatte ihr erstgeborenes Kind nach der Ohrfeige nicht mehr beachtet. Sie mochte es nicht.

Als sie noch einmal und dann nimmermeh' kam, brachte sie der jüngeren Tochter und dem Sohn Süßigkeiten mit, war zärtlich zu den beiden, aber sie ging wieder aus der Tür und fort, ohne ihre Älteste angesprochen zu haben.

Die damals Neunjährige lief aus dem Zimmer und schnitt sich auf dem Dachboden die Pulsadern auf. Vielleicht dachte sie, dann käme ihre Mutter und würde sie lieben. Aber kann auch sein, sie wollte sich umbringen. Sie hatte von solcher Sterbensart gehört und bei einer Frau die Narben gesehen.

Aber die Großmutter fand sie auf und schickte ihren Mann zum Bahnhof, die zweitschönste Frau zurückzuholen. Die kam auch, aber als sie sah, daß es nur Elisabeth war, sagte sie: »Ich hatte schon Angst, es ist meine Käthe.« Dann ging sie wieder.

Die erste unerwiderte Liebe Elisabeths schnitt tiefer in ihr Leben ein als das Messer in ihr Handgelenk. Sie wollte unbedingt von ihrer Mutter angenommen werden. So wenig ausdauernd sie später in ihrer Liebesfähigkeit schien, wie kompliziert sich Gier nach Bestätigung und Angst vor Verlust auch trafen – solange ihre Mutter lebte, hat sie nicht aufgehört, auf sie zu warten und um sie zu werben.

Ich staune die Beharrlichkeit an, mit der sie die erste Zurückweisung aufzuheben suchte. Und stelle mir vor, wie ich als Erwachsene dieser Frau begegnet wäre. Sie ist sehr alt geworden, über neunzig Jahre. Ich hätte sie treffen können, aber ich wollte sie nicht sehen.

Und schön soll sie gewesen sein? Nun endlich hat mir meine Mutter Fotos von ihr überlassen. Ich betrachte ein Bild der damals etwa sechzigjährigen Frau. Die angeklatschte Wasserwelle war modisch, man trug das Haar damals so. Aber das Lächeln für den Fotografen zieht nur die Lippen auseinander, die Augen lächeln nicht.

Sie sieht aus wie eine Adele Sandrock ohne Falten. Auffallend das viereckige Gesicht mit prachtvollen bißkräftigen Zähnen, so herzenswarm wie der Blick.

Ich sehe durch Brille und sogar Lupe ein anderes Bild meiner Großmutter, da könnte sie vierzig Jahre alt gewesen sein. Sie trägt ein Reformkleid, und das Bild ist bräunlich, so läßt sich das Alter schwer schätzen, aber zwischen dreißig und vierzig Jahre alt mag sie gewesen sein.

Ich suche Futter für meine Ablehnung. Meine Mutter wird das Bild zurückhaben wollen, da muß ich es mir einprägen.

Und sehe, was ich nicht sehen will. Die Maria Ulrich und ich, wir haben Ähnlichkeit. Ihr Blick ist anders, aber die Augen sind wie die meinen, die Brauen darüber haben den gleichen Bogen, wir haben beide diese stumpfe Nase. Ihr Mund ist schmaler, aber ihre Wangen sind wie die meinen, als ich im gleichen Alter war und meine Stirn ist wie die ihre. Ich lege Fotos von uns beiden nebeneinander und kann die Verwandtschaft nicht leugnen, so gern ich das möchte.

Was aber soll ich mit all diesen Wahrheiten und Halbwahrheiten? Die erfundenen Teile sind heute kaum noch von wirklichen Ereignissen zu trennen. Was weiß ich, ob sie tatsächlich zur Tür hereinkam, ihre Tochter Lisbeth ohrfeigte und ihre Käthe herzte? Mag sein, daß sich in das Herz des Kindes die Erzählung eines versuchten Selbstmordes tief eingeprägt hatte und sich später mit all den Geschichten aus den geliebten Ufafilmen mischte. Ich habe nie Narben an den Handgelenken meiner Mutter gesehen. Aber wenn sie sich aus Kummer den Tod gewünscht hat, dann wiegt dies nicht geringer als der Versuch, sich mit einem Messer den Tod zu geben.

Wer sagt mir, daß es nicht so war? Nur, weil ich die Wahrheit schlecht aushalte? Kinder wünschen sich häufiger, daß ihr Leben aufhören soll, als die Erwachsenen oft glauben wollen, wenn sie selber die Ursache des kindlichen Wunsches nach Aufgeben sind. Sie müßten sich dann mit den Augen des Kindes sehen, aber wer schon kann sein Spiegelbild immer ertragen.

Nach dem ersten Weltkrieg wurde in Düren erzählt, man habe die Maria gesehen, die sei jetzt an der holländischen Grenze und helfe Kindern beim Schmuggeln. Wohl doch nicht selbstlos, oder wie kinderlieb war sie inzwischen geworden?

Jahre später fuhren die Schwestern nach Mastricht, weil Käthe die Adresse herausbekommen hatte. Da waren sie schon junge Frauen. Es war nach der Zeit, in der Käthe Friseuse lernte und Lisbeth aus dem Kloster ausgerissen war. Wenn sie beim Erzählen die Leiden ihrer Kindheit übertreibt, was mir lieber wäre, und wenn ich auch denken will, daß es bei ihr vor merkwürdigen Zufällen und unglaubwürdigen Ereignissen nur so wimmelt – wieso mußte sie dann als einziges der Geschwister in ein strenges katholisches Kloster, in dem den Kindern die Tugend eingebleut wurde? Von Erbsenknien für ein Kichern habe ich gehört, von Hunger, Schlägen, Abschrubben mit Kernseife und Einsamkeit.

Es war ihr aber ein rotlockiger Philipp in Düren zurükkgeblieben. Der entführte sie mit dem Fahrrad und versteckte sie in seinem Zimmer vor seinen Eltern und vor der Welt. Bei uns später wäre so etwas nicht möglich gewesen, denn wir hatten nur ein Zimmer, wie gut, daß Philipp ein eigenes besaß. Als sich die Schwestern auf die Reise zur Mutter begaben, kriegte die Lisbeth ein Kostüm von der Käthe, und bis zum heutigen Tag erbt sie deren abgelegte Sachen und wird bei jedem Wiedersehen als erstes frisiert. Wie damals.

Sie fanden die Mutter. Die nahm ihren Töchtern das Versprechen ab, beim Auftauchen ihres Gatten liebe Nichten zu sein, die einmal nach der Tante sehen wollten.

Meine Mutter sagt, die Käthe habe sich sofort darauf eingelassen, sie selber aber habe widersprochen und gesagt, sie habe nun auch eine kleine Tochter und könne nicht verstehen, wie eine Mutter ihr Kind im Stich lassen kann.

Das hat sie gewiß nicht gesagt. Dazu hat ihr der Mut gefehlt. Nur im Zorn und am Ende ihrer Geduld war meine Mutter fähig, sich gegen dominierende Personen zu wehren. Und außerdem hatte sie doch die Mutter gesucht, um geliebt zu werden.

So ist auch der nachträglich ausgesprochene oder nur gedachte Vorwurf ein Teil der Wahrheit. Indem sie heute über ihre Kindheit spricht und über ihren Hunger nach Liebe, ist es fast, als habe sie damals die Grenzen ihrer Unterlegenheit gesprengt, wäre über sich hinausgewachsen und es habe ihr ein Gott gegeben, zu sagen, wie sie litt.

Die Käthe bekam hundert Mark in die Hand gedrückt und die Töchter wurden gedrängt, den nächsten Zug nicht zu verpassen.

Meine Mutter hat nicht aufhören können, ihrer Mutter unter die Augen zu treten, hat noch immer gehofft, daß sich Gleichgültigkeit und Ablehnung als Mißverständnis herausstellen.

Sie war schon fünfundsechzig Jahre alt, als sie mit ihrer großen Liebe, dem hamburgischen Zimmermann Bernhard, der ihr dritter Ehemann wurde und uns allen ein gütiger Vater war, wieder zu Maria Ulrich fuhr, die nun anders hieß, denn der Fabrikant hatte sie geheiratet. Würde Bernhard noch leben, ich könnte ihn fragen, warum auch er dieses Spiel mit einem Besuch der vorgeblichen Nichten mitgemacht hat.

Meiner Mutter ging es damals gut. Aber es tat ihr weh, daß ihre Mutter immer dem mitreisenden Geschwister Geld gab, niemals ihr. Und sie ließ sich immer heimlich die Hälfte abgeben.

Ich suche einen Ansatz, um auch die Maria Ulrich zu verstehen. Sie mußte ihr Kind den Eltern überlassen. Als Fabrikarbeiterin und später als Dienstmädchen konnte sie die Kinder nicht behalten. Sie hätte sonst betteln oder auf den Strich gehen müssen.

Aber sie hat an die Großeltern niemals für die Kinder bezahlt. Und als sie es zu bürgerlichem Wohlstand gebracht hatte, ihre Kinder dennoch nicht gesucht und nicht gewollt.

Ihre zweite Ehe blieb kinderlos. Bis zu ihrem Tod hat sie ihrem Mann verschwiegen, daß sie drei Kinder geboren hat.

Ihre persönlichen Motive kenne ich nicht. Aber die Verletzungen, die sie verursachte, haben einen Teil meines Lebens geprägt. Es war ihre Schuld, daß es für meine Mutter keine zu dicke Schmeichelei gab, ihr leuchtete jede ein, und ihre Gier nach Komplimenten blieb ihr immer, so wie ihre ständige Bereitschaft, sich zurückgesetzt zu fühlen.

Ich denke, daß sie uns mehr lieben wollte, als man von einem Menschen verlangen kann. Sie wollte die liebende und aufopferungsvolle Mutter schlechthin sein. Sie spielte diese Rolle immer wie für die Augen ihrer Mutter.

Dabei wäre sie gern eine abenteuernde Frau gewesen, auf Reisen, gesellig, unter vielen Menschen. Wie sie statt dessen lebte, konnte nicht genug anerkannt werden. Ich kenne niemanden, der sich selber so schamlos preist. Gute Taten in der Stille lagen meiner Mutter mondfern. Dazu hatte sie nicht das Selbstvertrauen, auch entgalt ihr das Leben keine Selbstverleugnung, und nichts machte ihr je einen Verlust wett. Sie ist eine lebenstüchtige Verliererin. Für phantastische Aktionen von kurzem Atem war sie immer gut. Aber Geduld hat sie nicht, mit anderen Menschen schon gar nicht, und zu einer Formung ihrer Anlagen konnte sie es nicht bringen.

Erst jetzt, in hohem Alter, wird ihr der Zusammenhang zwischen ihrem Anfang als ungeliebtes Kind und aller späteren Verwirrung ihrer Gefühle bewußt. Und nun versuche ich es ihr auszureden. Weil es nichts mehr bringt und nichts mehr glätten kann.

Im Warten auf den Tod, mit kleinen späten Genüssen, und durch die Abhängigkeit ihrer Katze, findet sie zu einer Güte, die ihr in der gierig gelebten Jugend fernlag. Nachts schläft die Katze in ihrem Arm, und meine Mutter hat Angst, die Katze könnte sterben oder sie überleben. Ich teile ihre Angst. Denn nach dem Tod der Katze wird ihre Einsamkeit vollkommen sein.

Am Telefon werden unsere Worte zögernder. Mir gehen die Antworten aus.

Daß ich noch einen dritten Krieg erleben muß, sagt sie. Ich verweise nicht auf den entfernten Ort, an dem er stattfindet. Alles ist nahe und alles ist bedrohlich. Der Fernseher ist ihr ständiger Lieferant für neue Ängste.

Seine Kinder hat er ja in Sicherheit gebracht, sagt sie über Hussein, eine Nachricht, die mir entgangen war.

Sie sagt, sie möchte nicht mehr leben. Früher klangen

viele Sätze von ihr unerträglich sentimental. Dieser ist ganz nüchtern. Ich glaube ihn ihr.

Es ist alles so unpersönlich geworden, sagt sie. Alle sind nur mit sich selber beschäftigt.

»Ich fühle mich so ungeliebt.«

Wir sind zu alt, um uns so zu lieben, wie wir es jetzt brauchten.

Aber du bist nicht ungeliebt, habe ich gesagt. Wir lieben dich. Wir sprechen von dir.

Wir lieben dich, wir sprechen von dir, das bedeutet gar nichts. Ich denke an dich und ich liebe dich, das habe ich zu meiner Mutter noch nie gesagt. Jetzt auf der Stelle könnte ich es sagen, morgen schon wieder nicht mehr.

Es bleibt etwas, das sich meinem Verständnis entzieht. Als bei uns im Jahr 89 das große Abhauen losging, als mancher in Hast und Hysterie aufbrach, da ging durch die Zeitung die entsetzliche Meldung von zurückgelassenen Kindern, Säuglingen und Halbwüchsigen.

Wunschkindern doch wohl, denn unerwünschte Schwangerschaften konnten unterbrochen werden.

Später wurde über Eltern berichtet, die sich nicht wieder gemeldet haben oder auf Postkarten ohne Absender baldiges Wiedersehen versprachen. Dieses Versprechen war oft das letzte Zeichen von Vater, Mutter oder sogar von beiden Elternteilen.

Vielleicht hatten es die Kinder im Heim in manchen Fällen sogar besser. Dennoch sind es verlassene Kinder, die es ihren Eltern nicht wert waren, ins neue Leben mitgenommen zu werden. Nicht nur Männer hinterließen für eine »bessere« Zukunft ihre Kinder immerhin den Müttern. Es sind auch Mütter abgehauen.

Es gibt Sünden, die gehen durch die Kinder hin bis zum Kindeskind, dessen Kind von den Folgen noch immer betroffen wird. Der Krieg macht uns jeden Tag dünnhäutiger. Die Seele läßt alles herein, auch jene Ereignisse, die vor mehreren Kriegen ihren Anfang nahmen und kein Ende finden.

Ich denke an meine Mutter. Von ihrem Herkommen habe ich mich längst befreit, dachte ich.

Ich sehe sie zu selten. Jedesmal steckt sie mir die Taschen voll. Vor einem halben Jahr etwa drängte sie mir eine Videokassette auf.

Ich wollte ja unbedingt einen Recorder haben. Es hätte aber genügt, Detektivfilme mitzuschneiden oder, selten genug, ein filmisches Kunstwerk. Ich hätte meinem ersten Impuls folgen und die Kassette verbummeln sollen. Aber wer so mühsam ordentlich geworden ist, der bleibt es leider zeitlebens. Es war auch so ein trüber Sonntagnachmittag, an dem meine Enkelin zwischen Angst vor der Chemiearbeit am Montag und der Sehnsucht nach dem ersten Freund herumhing. Ich kann nicht ertragen, wenn sich jemand langweilt.

Also habe ich ihr eine Überraschung versprochen, wir legten uns bäuchlings auf mein Bett, und die Kassette flimmerte los.

Ich hatte mir nicht gemerkt, um welchen hochzuehrenden Anlaß es gegangen war. Nur: In Düren am Rhein hatte es ein Familienfest gegeben. Wir waren eingeladen, vermutlich hatte meine Mutter dazu gedrängelt, aber ich hatte nachdrücklich abgesagt. Weil ich mich inzwischen fürchte, zu spät an Orte oder zu Menschen zurückzukehren, wo ich niemandem mehr fehle. Und was soll ich zwischen rheinisch frohsinnigen Menschen. In Düren bin ich gewesen, als Bomberstaffeln Köln dem Erdboden gleichmachten. Wir standen vor dem verdunkelten Haus und sahen den Horizont orangerot flammen, ein schönes Bild.

Damals war ich elf. Meine Tante hatte ihren Mann besucht, ehe er »an die Front rückte«. Von diesem Ausflug hatte sie sich nach zehnjähriger Ehe endlich die ersehnte Schwangerschaft mitgebracht. Deren Zeit verbrachte sie in unserem sicheren Dorf in Oberösterreich, aber das Kind sollte zu Hause geboren werden, und ich taugte als verständige Begleiterin.

Ich habe Tante Käthe verraten. Als sie im Krankenhaus

ihre Tochter geboren hatte und meine Mutter kam, um im feingeputzten Nest noch einmal alles auf Hochglanz zu bringen, bin ich mit ihr abgereist und habe nicht gewartet, bis Tante Käthe sich mit ihrer Tochter anschließen konnte.

Onkel Erich war der von beiden Schwestern abgöttisch geliebte Bruder, ein sonniger Mensch, der einmal mit dem Fahrrad von Düren nach Berlin geradelt kam, am 1. Mai 1937. Ich weiß das Datum so genau, weil ich Ostern in die Schule gekommen war, und ich erinnere mich, daß von den Bäumen seidene bunte Fähnchen hingen, die Sonne schien, und überall krabbelten Maikäfer. Mit Anschreiben mußte ich vom Bäcker ein großes Kuchenpaket holen, peinlich, aber mit Onkel Erich war das Leben verwandelt.

Wenn man Menschen vergleichen darf, war er das Gegenteil von meinem Vater. Groß, stark und lustig. Er war der erste Mann, den ich von Herzen lachen sah, ich hatte auch nie vorher einen Mann gesehen, der Frauen mit einer Hand auf den Schrank setzt, jedem Küßchen gibt und ansteckend fröhlich ist.

Auch er kam viel später als Soldat zu uns ins Dorf, und ich klettete mich so an ihn, daß er sich kein Weib aufreißen konnte. Alle Menschen waren ein bißchen in ihn verliebt, und meine Mutter genoß es wie eigenes Ansehen, daß die einsamen Soldatenfrauen sich dauernd ein Bewendchen suchten, um Vanillekipferl abzugeben oder ein Trumm Fleisch.

Aber ich hatte ihm täglich geschrieben und durfte ihn zum Abschied auch allein die sechs Kilometer bis zur Bahnstation Gurten begleiten. Unterwegs haben wir über mein Leben gesprochen, und wenngleich dieser Weg um des unabwendbaren Abschieds willen gefürchtet war, hielt Onkel Erichs Optimismus meine Tränen in Grenzen. Er versprach mir, daß er wiederkommt und sich um mich kümmern würde.

Daraus ist nichts geworden. Von Onkel Erich heißt es bei meinen Geschwistern, daß er Hotelier und ein gnadenloser Alleinunterhalter geworden sei. Er läßt niemanden zu Wort kommen und ist so albern, daß er Leute ins Ohr beißt, damit es neuen Grund zum Lachen gibt. Meine Mutter sagt, er habe Hodenkrebs, lehne aber jede Operation ab.

Tante Käthes Tochter war ein zartes Kind. Eine Nixe, mit dicken kupferfarbenen Locken und grünen Augen.

Ich habe sie geliebt. Aber nur ein Augenblick der Leichtfertigkeit oder der übertriebenen Zuwendung zur Enkeltochter konnte mich verleiten, diese Videokassette einzulegen.

Und Annelie muß ich auch nicht wiedersehen. Vermutlich sieht sie genauso borniert, ausgeruht und selbstbewußt aus wie die meisten dieser Frauen, für die der Krieg vor fünfzig Jahren zu Ende ging.

Flimmern. Feingedeckter Tisch. Schnitt. Die Straße, Leute steigen aus und begrüßen sich. Ich erkenne meine jüngere Schwester, obwohl die Kamera wackelt und die Totale das Erkennen schwierig macht. Meine Mutter, sie geht langsam und vorsichtig auf eine Dame zu. Die ist schlank, schick frisiert, unauffällig elegant und alt. Die beiden Frauen umarmen sich, sie weinen. Sie lachen. Sie gehen Arm in Arm zum Haus. Zwei alte Frauen, die sich gegenseitig stützen.

Schnitt. Ein Kaffeetisch, vermutlich in einer Wohnung, für ein Restaurant ist die Einrichtung zu intim. Maracujatorte wird angeboten, meine Schwester schwenkt den Tortenheber über eine Galerie von Kalorienbomben.

»Wiß die, oder die, oder beide?« Guter Witz, Lachen. Meine Schwester verteilt Portionen, die nach der Ersten Hilfe rufen lassen. Jemand küßt sie aus Versehen auf die Brille, eine Gelegenheit, eine Salve von witzigen Bemerkungen zu machen. Neben Stefi komme ich mir immer wie ein Grabgesang vor.

Die Kamera schwenkt zu einem Mann, der Hemingway ähnlicher sieht als der Schauspieler, der ihn im Fernsehen gespielt hat. Weißes Haar, weißer Bart, schwerer Ring, rotes Gesicht, blaue blitzende Augen. Das ist Onkel Erich, meine Jugendliebe.

Lachen, Lachen.

Wir liegen auf dem Bett, stützen das Kinn auf die Hände und können nicht mitlachen. Wir verstehen durch den Dialekt nur die Hälfte, vermuten, worüber die reden.

Ich kenne Stefi, obwohl auch wir uns einmal achtzehn Jahre nicht gesehen haben. Sie hat sich vorgenommen, für die andern Spaß zu machen. Aber sie kann es eben. Um sie her ist das Leben meist ein bißchen freundlicher als sonst.

Die Kamera schwenkt zu einem Kaminfeuer. »Sieht ziemlich reich aus«, sagt meine Enkelin, und es stimmt. Und es ärgert mich. Klar, Mutter und Tochter hatten einen gutgehenden Frisiersalon. Ich erinnere mich an Tante Käthes Worte über die Steuern: »Jeden zweiten Kopf laß isch unga de Tisch fallön.« Da kann das Kaminfeuer schön flackern. Aber wahr ist auch, sie war Anfang Dreißig, als ihr Mann Soldat wurde. Und sie hat ihr Leben lang für die Tochter und sich allein gesorgt.

Schnitt. Nun ist es wohl Abend. Wir wissen immer noch nicht, worum es eigentlich geht. Aber die Gäste sind jetzt in einem Restaurant. Ein routinierter junger Mann läßt uns durch seine Bemühungen erkennen, daß er als Unterhalter engagiert ist. Siehst du, tun sie doch was für die Kunst. Jetzt lachen wir. Gegen ihn und über unsere eigenen Kommentare.

Er hat einen Traumjob, bei Altersdurchschnitt siebzig, vor allem Frauen, Kriegerwitwen und Rentnerinnen, die ihren Männern nachleben müssen. Zwei junge Leute, sich ergeben einfügend, könnten Enkel sein. Vermutlich Großneffe und Großnichte, die ich nie gesehen habe.

Durch das Bild geht mehrmals eine jüngere Frau mit einer attraktiven ungelben Löwenmähne, raffiniert geschnitten. Die Kamera folgt ihr. Sie trägt ein Ensemble, das jede Frau seufzen läßt. Aprikosenfarbene Seide als zipfliger Rock, darüber ein Abendpullover im selben Farbton. Ein Modeconférencier würde auf die interessante Rückengestaltung hinweisen, die Accessoires in Gold und Silber. Gute Figur und eine phantastische, frische Ausstrahlung, die Frau bewegt sich so sicher, so leicht, als ob ihre Seele ganz frei wäre von Bedrückung. Vielleicht ist sie es. Mit dieser Frau würde ich gern sprechen. Meine Augen folgen ihr, manchmal verliere ich sie aus dem Blick, aber sie fällt unter den vielen dunkel gekleideten Menschen ohnehin auf. Sie ist nicht nur durch ihren Anblick ein Mittelpunkt, sie ist auch immer im richtigen Moment an der richtigen Stelle, eine angenehme Gastgeberin.

Es ist Annelie. Mir gibt es einen Stich ins Herz, weil ich sie erkenne, ohne daß jemand sie beim Namen nennt. Ich erkenne sie an der Vertraulichkeit im Umgang mit ihrer und mit meiner Mutter.

Onkel Erich hält eine Rede auf die beiden alten Mädchen, die sich bis heute so gern haben. Soweit ich es weiß, haben die sich ein Leben lang gezankt, versöhnt, gezankt. Tante Käthe war mit meiner Mutter immer unzufrieden. Das zeigte sich nicht nur darin, daß sie ihr die abgelegten Sachen gab, sondern sie ermahnte sie auch immer zu tugendhafterem Lebenswandel. Eine fromme Frau, meine Tante, mit strengen Grundsätzen. Sie hat auch mir immer Predigten gehalten.

Ihr Mann hatte nur einen Fronturlaub, um seine Tochter zu sehen. Als der Krieg zu Ende war, lief er aus dem weiten Rußland zu Fuß nach Berlin, wo er uns zu finden hoffte. Aber er fand uns nicht und starb in einem Krankenhaus in Spandau, wo er nicht gerade in einem Massengrab, aber auch nicht einzeln beigesetzt wurde.

Darüber spricht Onkel Erich jetzt. Die Handkamera verweilt auf dem Gesicht von Tante Käthe. Ein altes Frauengesicht, aber ich hätte sie auf der Straße erkannt. Die Haut ist nicht mehr fest und die Augen blinzeln empfindlich hinter der Brille, sie hat auch schon einen Herzinfarkt hinter sich. Aber sie ist es noch, ganz sie.

Die Geschichte, die Onkel Erich erzählt, kenne ich nicht. Ich glaub sie auch nicht. Meine Mutter soll neunzehnhundertfünfundvierzig mit einem falschen Paß zu ihrem Schwager geeilt sein, ihre Schwester begleitet haben. Wie soll das gegangen sein? Wir waren »displaced persons«, woher sollte meine Mutter einen Paß, gar noch einen falschen gehabt haben. Etwa aus dem kleinen Gemeindeamt in Aspach? Mein Onkel erzählt, die Lisbeth sei verhaftet worden und habe ihre Schwester gedrängt, weiterzureisen. Sie käme am nächsten Tag hinterher. Das Abenteuer klingt nach meiner Mutter, aber ich weiß von der Geschichte nichts.

Dann sehe ich, wie Tante Käthe sagt: »Dats woahr!« Tante Käthe lügt nicht. Lügen war für sie eine schlimme Sünde. Vielleicht ihretwegen sehe ich das lässiger. Aber Tante Käthe glaubt, daß der liebe Gott alles sieht und hört, sie würde nicht lügen. So habe ich vielleicht eine Mordsstory vergessen, wie ich diese ganze Verwandtschaft beinahe vergessen hatte. Nun erzählt Onkel Erich über sich. Er sagt, daß er sich immer treu geblieben ist, auch in »Sibirjen«. Er ist dort zu fünfundzwanzig Jahren Zwangsarbeit verurteilt worden, den Grund hat er nie erfahren. Er war Obergefreiter und kriegsgefangener Soldat, vielleicht wurde er verwechselt.

Er hat überlebt und wurde zwei Jahre später ebenso unbegründet nach Hause geschickt.

Wie das alles war, darüber hat er ein Manuskript verfaßt. Meine Mutter hat es mir in seinem Namen gegeben, sicher ohne es zu lesen. Sie hat gemeint, das könne man doch bei uns veröffentlichen. Ich habs gelesen. Es war unsäglich banal und schlecht geschrieben. Er hat nichts erfaßt oder konnte es nicht ausdrücken. Ein grauenvoller naturalistischer Langaufsatz, »der Russe« und »die Kameraden«. Beifall, Beifall. Jetzt gibt es »Spiele«. Eine Qual. Sie dauern auf der Kassette so lange wie im Leben. Wer dreht den Quatsch? Vermutlich mein Schwager, der ist nämlich nie im Bild. »Allah, schenk mir eine Schlange ...«

Annelie macht mit, da ist es zu ertragen, aber dann werden nacheinander vier alte Frauen zum Mitknien gezwungen. Naja, dann kommt die Pointe, er hat in der Kiste noch immer keine Schlange, aber vier alte Kamele. Die alten Kamele lachen mit und erheben sich mühsam. Haha.

Nun tanzen die Herren mit einem Damenschuh, die Damen mit einem Herrenschuh. Lambada. Naja, wenn man nicht dabei und nicht ein bißchen beschwipst ist, wie soll man es finden. Der Unterhalter singt, das kann er auch nicht. Annelie singt mit, geht dann an die Tafel, ruft laut: »Ihr möht mitsingen, ihr Döse ...«, und geht vor Lachen in die Knie.

Schnitt. Alle außer Tante Käthe haben sprühende Wunderkerzen in der Hand. Hoch soll sie leben. »Achtzich, Kätt«, ruft ihr Bruder. Ein Strauß, wohl aus achtzig Rosen, wird ihr in den Arm gelegt. Der Tisch mit Geschenken kommt ins Bild, ein Rollenkoffer, Pflanzen, Parfüm, Briefe, Fotos im Rahmen.

Die Musik wird lauter, Annelie nimmt ihre Mutter in den Arm und die beiden Frauen tanzen. Ich kann fast nichts mehr sehen, aber ich starre auf den Bildschirm und fühle mich draußen, allein, ausgeschlossen. Sie tanzen, als gäbe es die achtzig Jahre der einen nicht und nie einen Augenblick der Fremdheit zwischen ihnen. Sie lächeln sich an, sie küssen sich, Mutter und Tochter. Dies ist nicht ihr erster gemeinsamer Tanz, das sieht man. Tante Käthe legt den Kopf auf die Schulter ihrer Tochter, die spricht leise mit ihr, und ich heule und möchte gern hören, was sie sich sagen und möchte in die Mitte und auch tanzen, als wäre alles ganz anders gewesen, als es war.

Ich habe meine Mutter so nie in den Arm genommen. In den letzten Jahren wohl öfter, wenigstens kurz, aber immer mit Hilfe von Scherzen oder Kind spielend, nie unbefangen. Und wenn mein achtzigster Geburtstag zu meinen Lebzeiten und als Fest stattfinden sollte, etwas wie ein Entschluß dazu will mich überfallen, dann wird es so nicht sein und ich selber wäre auch nicht so. Gründe dafür gibt es genug. Ich habe nie nur für eine Tochter gelebt. Aber trösten kann mich das jetzt nicht.

Den Tanz dieser beiden Frauen kann ich nicht vergessen. Das Bild hat nach mir gegriffen, die Frauen haben mich beim Fortlaufen ans andere Ende der Welt eingeholt.

»Warum sind wir nicht zu diesem Geburtstag gefahren?«

»Ich weiß es nicht, Laura. Du hättest das vor dem November 89 nicht gefragt.«

Ich weiß es nicht. Aus Angst, aus Überheblichkeit, aus Zeitmangel.

Und weil der Mann von Tante Käthe ein Feldgendarm war, ein Kettenhund, Freiwilliger einer der gefürchtetsten Einheiten. Kradmelder war er, aber eben Feldgendarm, und für mich hat das viele Jahre unerbittlich mehr gezählt, als daß er im zivilen Leben ein simpler Kellner gewesen ist. Ist der Film nicht bald zu Ende? Nun tanzen die Geschwister mit kleinen Schritten einen langsamen Reigen, sie drängen sich aneinander, reden dabei. Meine Mutter weint, ihre Schwester tröstet sie, vielleicht beklagt sich Mama über uns.

Ich habe dort niemandem gefehlt. Es ist gekommen, wie ich es wollte. So alte Mädchen mit so alten Schmerzen. Es war eine letzte Chance, alle noch einmal zu sehen. Ich habe sie verpaßt.

Machs gut, meine Liebe

Der Gedanke an diesen Tag hat mich jahrzehntelang getröstet. Endlich allein sein können, wenn ich es brauche. Schweigen oder laut mit mir selber reden, ohne Gelächter über meinen Spleen. Ich will mir vor dem Spiegel die Zunge herausstrecken, ohne bei dir Angst auszulösen, Schlimmes käme auf uns zu.

Meinen Bauch muß ich nicht mehr einziehen und meine Schultern nicht als gutes Beispiel ständig nach hinten straffen. Keinen Rat mehr geben und noch keinen hören.

Es wird ein Tag sein, an dem die Sonne scheint. Ein Maientag, das stand fest seit jenem zurückliegenden neunten Tag dieses Monats, als ich fürchtete, ich wäre die einzige Frau, die keine Geburt zustandebringt. Mit schmerzendem Rücken und leider nicht ausreichendem Drängen meines überwarteten Kindes ging ich in den Raum mit den vielen Säuglingen, wo mich die Schwestern umknurrten. Dort lagen sie, die Babys von Müttern, die es geschafft hatten. Mein Sohn sollte es werden und ist meine Tochter geworden. Ich hatte erwartet, daß mich die Liebe überfluten würde, ein Wunder der Liebe würde geschehn, alle Himmel öffnen sich, ich liebe dich. Aber kaum geboren, war das Kind nicht mehr Teil von mir, sondern ein anderes Wesen, das mir Narben am Bauch hinterließ, schlafferes Gewebe, es machte meine schönen Brüste vorerst zu eiternden Wunden.

Und es zog in meine eigene unausgelebte Jugend einen Gatterzaun. Ich konnte mich anlehnen oder gegen ihn anrennen, aber es gab ihn. Weil dieses Wesen aus mir für die Zeit der Schwangerschaft einen unförmigen Körper gemacht hatte, nahm sich sein Erzeuger eine Geliebte, seine duftende Sekretärin. »Sie hat jeden Tag eine andere Bluse an, und du immer dasselbe Kleid. Deine Füße sind geschwollen, und du siehst eben nicht so aus wie vorher.«

So haben wir uns verloren. Zum Verzeihen war ich zu jung, und das Verständnis dafür blieb mir verschlossen.

Als ich die Tochter liebte, konnte ich damit nicht aufhören. Die Angst um sie war mitunter so lästig, daß ich mir wünschte, etwas oder jemand solle mir stärkere Gefühle machen als der Blick ihrer großen dunkelbraunen Augen, die mir immer auch einen Vorwurf schickten. Als hätte sie vom ersten Lebenstag an alle Vorgänge um sich her verstanden und bewahrt. Ja, ich bin zu Achim zum Rendezvous gegangen und habe dich Oma Brandt überlassen. Ja, du bist aus dem Bettchen gefallen, und ich hatte keine Decke zu deinem Schutz davorgelegt. Was nützte dann, daß ich weinte und dich wiegte und mir selber nicht verzeihen konnte?

Deine Füßchen waren leicht und dennoch in mein Leben gerammt. Alles hatte mit dir zu tun, alles mußte um deinetwillen bedacht werden.

Aber mein Leben war nicht entworfen, nichts in ihm vorausgeplant, es war nicht überschaubar. Vernünftig erwogen war nicht einmal dein Leben. Du solltest sein, weil das Zusammenleben mit dem ersten Mann keine Sehnsucht gestillt hatte. Ich empfand sie, ich hatte alle Lust und alle Begierden, aber wir konnten damit nicht umgehen. Die Unfähigkeit zu unbefangenem Genuß von Sexualität, oder auch nur eines Sonntages, wurde heftige Forderung nach dir. Als könntest du mich mit der Stunde deiner Geburt reifer machen, mir Sinn für festen Boden unter den Füßen geben und ausgeprägte Dankbarkeit für deinen Vater, wenn schon die Liebe so schwankend war. Du solltest helfen beim Hin und Her über den tiefen Graben, in dem all unsere giftigen Pflanzen der Untreue, des Verrates und des Leichtsinns wucherten.

Als ich dich im Arm hatte, was waren wir da? Ein heiliges Ganzes oder zwei gleichermaßen ratlose Seelen?

Würden meine Schwiegereltern mich nun lieben, ich sie ertragen? Oder würden sie nun erst recht glauben, ich sei viel zu jung und viel zu schillernd für die Aufgabe, ihren Sohn glücklich zu machen?

Welche Geschmacklosigkeit würde deinem Vater für mich einfallen, zur Freude deiner Ankunft?

Das alles will mir in der Erinnerung unwichtig scheinen, und die gute und die böse Seite haben sich verwischt. Ich gefalle mir nicht mehr so gut, wenn ich an damals denke, und dein Vater ist mir nicht mehr so gänzlich unverständlich.

Eines Tages würdest du vierzig Jahre alt werden. Ich könnte mich zurücklehnen. Was immer du dann noch von mir willst, ich würde es gelassen oder rüde ablehnen. Wenn ich Hilfe brauche, dich werde ich gewiß nicht bitten. Ich möchte nicht, daß sich dein Verdienst um mich und das meine um dich eines Tages gleichen. Nur noch Nachrichten nehme ich an, Nachricht von guter oder schlechter Art, werde beifällig nicken und den Teufel tun, etwas zu bewerten. Jeder Mann an deiner Seite wird mir recht sein, ich muß ihn ja keinmal öfter sehen, als ich möchte. Alles wär mir recht. Du kannst jede Wohnung gestalten oder verkommen lassen, die Spiegel mit benutzten Jeans oder Papierrosen schmücken oder die Pflanzen auf zauberische Weise besser als ich zum Wuchern bringen, es geht mich nichts mehr an. Ich muß die Blumentöpfe nicht ersetzen und deine Spiegel nicht putzen. Wenn du vierzig bist, werde ich vier Tage später sechzig und habe jedes Recht auf mich.

Auf diesen Tag, meine Tochter, hatte ich alles vorgerichtet. Da kann sie abhaun, habe ich gedacht, von mir aus in den Regenwald, oder was von ihm dann noch übrig ist. Mitleid mit dir war die einzige Falle, die ich fürchtete.

Aber warum solltest du zu bemitleiden sein? Ich wollte dich an deinem vierzigsten Geburtstag glücklich und wohlversorgt.

Und wenn nun auch kein Stein auf dem anderen geblieben ist, und du bist auch nur eine bedrohte Frau, die ihre Pfennige zählt und von herablassenden Arbeitgebern abhängt, ich will festhalten an diesem mir so wichtigen Gedanken. Begeh den Tag als rauschende Ballnacht oder in verkuschelter Zweisamkeit, mach ein Klassentreffen oder Bürgerfete auf dem Alexanderplatz.

Es gab eine Zeit, in der erbettelte ich mir von dir gemeinsame Abende. Sie wurden mir selten zuteil. Sobald ich diesen Wunsch nur ahnen ließ, trieben dich dringlichste Verabredungen aus dem Haus. Nur wenn dich niemand erwartete, durfte ich es uns gemütlich machen. Damals habe ich mir vorgenommen, ich werde dir an deinem vierzigsten Geburtstag mit warmer Hand vererben, was du haben sollst. Wir werden Kaffee trinken, habe ich gedacht, und dann nimmt sie die Täßchen und Gläser, die Kette und den Ring, die schönen alten Schalen und den grüngläsernen Ascher von Galé. Aber gerade den hast du mit deiner ersten Zigarette leider platzen lassen.

Der Plan ging nicht auf. Ab deinem zwanzigsten Geburtstag haben wir Vererben gespielt. Aus Liebe habe ich dir zu früh die Biedermeiervase und die Nudelmeiermöbel aus Kirsche übereignet. Wo mag das alles abgeblieben sein.

Nun ja, wenn man in eine Socke ein Loch schneidet, kann man von oben vielerlei hineintun.

Mein Mädchen, deine Augen sind so holzdunkel geblieben, deine Wimpern sind noch lang, deine Fesseln schmal. Die Schmutztümpel, durch die du wie alle Weiber gegangen sein magst, kenne ich nicht, kaum, oder will sie nicht kennen. Es ist mir recht, daß ich von deinen beschämenden Erfahrungen eher zu wenig weiß. Nur eine kurze Zeit hatte ich den dummen Gedanken, ich wolle deine beste Freundin sein.

Töchter lernen von niemandem so wenig wie von der eigenen Mutter. Laß ein Bett unbetreten, wenn es dich nicht mit Macht hineinwirft, habe ich dir gesagt. Woher wußte ich von der Vernunft solcher Verweigerung, wenn nicht aus eigener Erfahrung? Ich habe die dir gegenüber nicht geleugnet. Glaub ihm nicht, daß er seine Frau nicht mehr berührt, so zuwider sind verheirateten Männern ihre Gattinnen nicht, wenn sie so viel von ihnen erzählen.

Auch das wußte ich nicht nur aus Büchern.

Es ist, als hätte man als Mutter umsonst gelebt. Die Tochter geht ihre Wege mit sauberen unbedachten Füßen und macht ihre einzigartigen Erfahrungen, die so alt sind wie Sapphos Verse, wie Dantes Glut für Beatrice.

»An meinem vierzigsten Geburtstag mußt du mir Schmorgurken machen und Pflaumenknödel mit Butter, Zucker und Zimt.« Wie konntest du dir das wünschen, was haben wir denn gedacht, wo wir leben werden?

Früher hätte man über diesen Wunsch nur laut lachen können. Gurken im Mai, Pflaumen im Mai, Tomaten im Mai, bei uns? Dein zehntes Lebensjahr durchschnitt die Mauer. Von da an war die Welt eine gedachte und eine erlebte. Unvorstellbar, du könntest eines Tages an ein fernes Meer treten oder durch Hamburg schlendern und deine Großmutter besuchen.

Bis zu deinem achtunddreißigsten Lebensjahr hat dein Leben durch die Mauer Verluste erlitten. Da sie nun unseren überströmenden Augen endlich geöffnet ist, ernüchtert sie auch deine Träume und macht dir Ängste, die du vorher nicht kanntest. So sein wie andere Leute, die sich flugs clever und enorm tüchtig gebärden, das kannst du nicht. Das hast du nie gelernt.

Nach Wien, haben wir geschwärmt, wenn wir einmal nach Wien fahren, dann nur wir beide und ich zeig dir den Watzmann. »Ist die Landschaft wie im Heimatfilm?« Du hattest noch nie einen Gletscher gesehen und noch nie ein Hotel betreten mit der inneren Sicherheit, man werde dir selbstverständlich und gern ein Bett für die Nacht verkaufen. Du kanntest nur, daß man es lange vorher anmeldet, und dann kann es immer noch doppelt vergeben sein und taucht erst nach einem Zwanzigmarkschein wieder auf, liegt aber neben dem Fahrstuhl oder über dem Parkplatz.

Du hast dir noch nie selber ein Parfüm gekauft, deine Freundinnen auch nicht. Nun ja, wenn man lange genug wartet, schenkt einem jemand das oft genug Erwähnte.

Zu deinem vierzigsten Geburtstag hätte die Welt leicht so sein können, wie wir sie miteinander erlebt haben. Von da bis zu deinem sechzigsten Jubeltag, was hätte sich ändern sollen, wenn sich nicht alles ändert? Ich kann nicht sagen: Es hat uns ja eigentlich an nichts gefehlt. Auf deinem Gesicht liegt nun manchmal auch schon eine Müdigkeit, die kommt zu früh. Dein Leben überfordert dich. Du bist auch noch zu jung, um zu wissen, wenn man älter ist, werden auch die allzu wilden Gefühle für und gegen etwas aushaltbarer.

Zwischen uns lebt eine Hoffnung, die gleicht aus, begütigt und läßt uns versöhnlicher sein, als wir einander in den letzten Jahren gewesen sind. Diese Hoffnung macht dich hilfloser, so daß ich dich ertrage, mich weniger feige, so daß du mich ertragen kannst.

Die Hoffnung hat grünblaue Augen und spielt uns nie gegeneinander aus. Sie hält uns zugute, daß wir nicht genau meinen, was wir manchmal über die andere sagen.

Meinen Glückwunsch, den sollst du von Herzen haben. Du bist jetzt vierzig.

Machs gut, meine Liebe.

Wir unersetzbaren Mütter

Die eigene Tochter, die eigene Mutter unaufhörlich zu lieben, das scheint geheimes Gebot, überkommene Weisung auch für das ungläubige Herz, das sich so nennt und so nicht ist.

Den Tod der Mutter als unersetzlichen Verlust zu empfinden, richtet sich gegen die Natur, die Ablösung will und braucht und heitere wie peinigende Erinnerung als Art von Weiterleben und Zusammengehörigkeit gestattet.

Die schönsten Gedichte über die Liebe zur Mutter und die Unerträglichkeit der Trauer um sie habe ich bei Else Lasker-Schüler gefunden. Die Gedichte beschwören keine buntgefiederte Traum- und Phantasiewelt, wie sie sonst bei dieser Dichterin zu finden ist. Einfachste Worte, wenn sie die Mutter beschreibt, wie sanft sie war, wie schön, wie liebevoll, wie einmalig die Tiefe des Gefühls. Darin aber auch liegt das Unbehagen. Die Dichterin ist unerlöst geblieben. Sie hat sich keine Heimat für eine Erwachsene zu finden gewußt. Noch die alternde Frau beschreibt einen traurigen Morgen und wie ihr Herz die ganze Nacht schmerzhaft gegen die Rippen schlug aus Trauer um ihre Mutter.

Wenn der Tod einem Kind die Mutter nimmt, wird es einer Einzigartigen nachtrauern, der es an ausgemalter Vollkommenheit niemals gleichen kann.

Es ist noch immer ein Moment äußerster Betroffenheit, wenn wir erwachsen sind, unsere Liebe schon eigenen Kindern zugewandt haben und die Mutter stirbt.

Selbst dann, wenn uns die Sorge um sie schon länger oblag, als wir ihr Kind gewesen sind. Es hat uns oft Zeit gekostet, die wir nicht hatten. Wohl auch deshalb nicht, weil uns manches lästig gewesen ist. Soviel Geduld, wie wir gebraucht hätten, läßt uns das geschäftige Leben nicht. Die Mutter kränkelt und fühlt sich allein, hat nicht vorgesorgt für die Genüsse des Alters. Sie will die Familie um sich haben, so wie sie für die Familie dagewesen ist.

Aber die Fäden haben sich getrennt. Auch wenn sie das nicht wahrhaben will.

Geliebt werden wir um das, was wir geben können. So hart es klingt, es ist wahr. Stehen wir als alte Frauen noch lange gern im eigenen Leben, haben Neuigkeit zu vermelden, sind rare Personen, dann bleiben wir begehrt.

Wenn die Mutter stirbt, sind wir die nächsten am Rand. Bis jetzt waren wir die vorletzte Reihe. Ungeachtet der täglichen Erfahrung, daß es danach leider nicht geht, behält unsere Seele doch die natürliche Abfolge als Regel bei. Wenn die Eltern nicht mehr leben, sind wir die vorderste Reihe. Ein Schatten, der uns folgt. Suchen wir zu erforschen, ob unsere Kinder das auch so sehen, wird uns ihre Unbefangenheit weh tun. Sie denken darüber nicht nach, die Kraft der Jüngeren kann sich nicht an die Trauer verschwenden und sollte es nicht tun. Der Tod setzt allem Aufgeschobenen ein Ende. Was wir noch miteinander in Ordnung bringen wollten, ist auf ewig versäumt. Mag sein, uns bleibt so die Erkenntnis erspart, daß es sich nicht in Ordnung bringen ließ.

Wir haben uns verfehlt. Was hätten wir einander sein können? Da hätten wir uns fragen müssen: Was kann ich mir sein? Was kannst du dir sein?

Wir verpassen den Zeitpunkt für die Frage und die ehrliche Antwort und weichen in Gefühle aus. Du tust mir so leid. Es tut mir so leid. Gefühle der Schwäche. Aber eine ist immer die Stärkere. Auf gleiche Ebene kommen wir fast nie.

Oft scheint mir, als ob uns das Leben erst aus eigener Hand gelingt, wenn wir die Mutter, gefürchtete Richterin über unsere großen Versuche und unsere kleinen Handlungen, diese zugleich geliebte und zu unbequeme Person, in uns fertig gemacht haben. Das ist ein zu böses Wort. Obwohl es treffen will: jemanden oder etwas in uns fertig machen, also abschließen. Es gelingt uns aber nicht. Obwohl wir es möchten. In bösen und schmerzhaften Augenblicken möchten wir mit ihr fertig sein, statt sie auszuhalten, soviel länger, als sie uns ausgetragen hat.

Wir werden älter und ihr ähnlicher. Jemand sagt, jetzt siehst du fast so aus wie damals deine Mutter.

Es soll ein Kompliment sein, aber hätte sie ausgesehen wie Aphrodite, wir würden nicht aussehen wollen wie die Mutter. Denn mit ihrem Aussehen und Mienenspiel und mit ihrem Lachen sind auch alle jene Eigenschaften verbunden, denen wir ganz andere entgegensetzen wollten. Nie werde ich mich so aufspielen. Nie werde ich mich so in Eifersucht hineinsteigern. So sentimental werde ich nie. So eine Glucke. Es wird mir nie unterlaufen, daß ich dieselbe Geschichte immer wieder erzähle. Sie denkt immer nur an sich, und wir sollen immer nur an sie denken. Und so pingelig werde ich mit meinen Kindern nie umgehen.

Wir bleiben abhängig, solange sie lebt – und dann unseren Erinnerungen. Ein Blick, eine unverhoffte Zuwendung von ihr, manchmal nur ein Einfachsein, wenn sie vom Tisch aufsteht und ihre gewachsene Hinfälligkeit nicht verbergen kann. Oder ihre Augen strahlen auf, und sie ist einmal nur dankbar, statt mit unterlegtem Vorwurf alles zu nehmen und doch unzufrieden zu bleiben. Sie rechnet die Geschenke gegen die verwartete Zeit auf und entdeckt, daß wir uns loskaufen wollen. Sie soll sich freuen, solange wir bei ihr sind, wenn sie dann weint, sind wir schon wieder weg. Aber wenn sie anders ist, einfach ist, ertragbar, dann reißt es uns zurück.

Wir haben uns verfehlt. Unseren Töchtern gelingen Freundschaften, aber kaum mit uns.

Weil auch wir zu ihnen nicht freundschaftlich waren, sondern mütterlich. Überlegen, fordernd, strafend, einwendend. Ja, aber doch aus Liebe. Und um unser Bild von unserem Kind wahr zu machen. Wir hatten uns ein Bild entworfen und sahen mit hartem oder sanftem Nachdruck, daß das Kind ihm ähnlich wird.

Aber die Natur hatte vielleicht eine andere Absicht, die ersten Freundschaften, Lehrer oder die erste Liebe wiesen andere Wege. Da hätten wir uns ändern müssen und unser Kind erkennen, den Menschen, der anders war als unser Entwurf. Aber vielen von uns gelang das nicht, und so wurden die Gefühle befangener.

Unsere Töchter streben von uns fort, wollen ihre Liebe anders leben und ihre Kinder anders behandeln. Was sie von uns gelernt haben, scheint ihnen so wichtig nicht. Zumal ihnen der nützliche Teil in seiner Herkunft nicht bewußt ist, sie sehen Gelungenes als ihr Verdienst und rufen nur bei Niederlagen nach dem mütterlichen Anteil.

Wir als Mütter neigen dazu, unsere Ausstattung der Tochter zu überschätzen. Das Leben wird Waagen bereithalten, auf denen auch jene Gewichte stimmen, bei denen wir gemogelt haben.

Aber das Herz schlägt uns noch immer hoch, wenn sie von Momenten unterm Lichterbaum getrieben oder aus eigenem Unglück heraus zurückwollen in unsere Wiege. Statt sie auf den Weg zu schicken, ihre eigenen Dummheiten zu korrigieren, lassen wir uns ein bißchen hudeln und wärmen uns daran, daß sie immerhin zu uns gelaufen kommen, wenn gar nichts anderes mehr geht.

Tränenspuren schwinden schnell von jungen Gesichtern, aber dann liegen auf den Zügen der Tochter doch erste Spuren, die bleiben werden. Es ist noch ihr Gesicht, aber wir sehen uns selten. Manchmal kann ich mir nicht mehr vorstellen, wie sie mit dem Schulranzen auf dem Rücken aussah, wie war sie mit drei, mit fünf, ganz verzweifelt und glückstrahlend?

Die Töchter denken, daß wir ziemlich zufrieden mit uns sind. Dabei empfinden sie Unmut. Ich kenne das. Auch ich bin Tochter, nicht nur Mutter.

Wir erzählen fremden Leuten, wie wir gewesen sind.

Das Unbehaglichste schieben wir ab in die Herzkammer, die sich nur nachts in den Träumen öffnet. Darüber haben wir keine Gewalt. Aber wir erzählen und erzählen in der geheimen Hoffnung, wenn wir das Schöne beschwören, wird es sich heilend auf das Ungelungene legen.

Alle Töchter wissen zu wenig von ihren Müttern. An niemandem sonst rätseln sie lebenslänglich so herum. Dem zu nahen Blick verschwimmt das Bild. Und indem wir reden, wie es hätte sein sollen, verwirren wir die töchterlichen Gemüter und nähren ihr schlechtes Gewissen, sie hätten uns Chancen verpatzt.

Der? Ach was! An den können wir uns ja kaum noch erinnern. Er saß am Tisch, gut, und natürlich haben wir keinen Blick von ihm gewendet. Aber es schien uns nicht so wichtig, daß er zwei Hühnerbeine gegessen hat, also auch das eine, das immer der Tochter zustand. Es sind doch alle satt geworden. Reichlich übertrieben, daß die Tochter sich von ihrem Lebensplatz verdrängt fühlte.

Es ist bei der Hühnerkeule nicht geblieben. Diesem Augenblick der Unachtsamkeit folgten andere, wo er Allerester unter Gleichen sein wollte und sich plötzlich vor der Tür wiederfand.

Deine Freude war verständlich, Tochter. Nun hattest du mich wieder für dich allein. Aber als er fort war, trat an seine Stelle erst mal nichts. Er hatte nicht nur seine Untugenden, sondern auch seine Schönheiten mitgenommen.

Eine Tochter kommt leicht über den Verlust eines unerbetenen Familienzuwachses hinweg. Warum war sie dann wütend? Er hatte so getan, als ob sie ihn interessiert. Ein Teil der Werbung um die Mutter ging über die Tochter.

Die bemerkt nun, daß die Mutter leidet und benimmt sich besonders ruppig. Eine schwache Mutter macht ängstlich. Eine starke Mutter hilft leben. Und Schmerz, gar um einen Fremden, muß bekämpft werden. Das ist er nicht wert, sagt die Tochter, die sich gestern noch bei ihm anlehnen wollte. Besser, wir reden nicht mehr darüber. Trauer ist auch Arbeit gegen zu wenig Hoffnung.

Ohnehin wird uns nach seinem Abgang bewußt, daß wir nicht unbefangen gewesen sind. Argwöhnisch beobachteten wir seinen Umgang mit der Tochter, aus Angst, sie könnte zu kurz kommen. Er hatte es nicht so leicht, wie wir taten. In unserem wahren Inneren gestanden wir ihm gar nichts zu, kaum in der Wohnung, noch weniger bei der Tochter.

Jede Tochter weiß zu wenig über ihre Mutter.

Wir haben ihr verschwiegen, wenn das Geld nicht reichte. Um sie nicht zu belasten. Aber wir wollten auch nicht armselig dastehen, sondern immer tüchtig und zuverlässig scheinen, immer imstande, mit allem fertig zu werden.

In den alten Büchern ist Mutterliebe etwas ganz und gar Unirdisches, eine Substanz, die sich erhält, eine Materie, durch kein Geschehen aufzubrauchen.

Wir waren dazu nicht fähig. Es gab Augenblicke, wo wir unsere Tochter nicht geliebt haben. Vielleicht liebten wir uns da selber nicht, aber eben sie auch nicht, wie schändlich, wie widernatürlich.

Es gab Augenblicke, da war ich meiner Tochter müde. Da habe ich sie nicht geliebt. Und suchte dennoch die Schuld ausschließlich bei mir. Wenn ich Angst um sie hatte, sprang das Gefühl wieder übermächtig an.

Es muß uns erschöpfen, über Jahrzehnte ein anderes weibliches Wesen zu lieben, das den Widerspruch und Widerpart zu uns braucht, sich abnabeln will und uns dies keineswegs zugesteht. Es ist anstrengend. Aber in den alten Geschichten, Hänschen klein, ist die Mutter die verkörperte Liebe. Sie fragt nicht, ermahnt nur sanft, sie nimmt wieder auf, auch wenn es Verrat, das Schlimmste, zu verzeihen gibt. Unsere Töchter sind gebildet und selbstbewußt, aber nun ist eine Zeit gekommen, in der besteht wenig Nachfrage nach diesen Tugenden. Ihre Ellbogen sind weich, sie bestehen auf ihrem Stolz und weisen milde Gaben ab, die haben sie nicht nötig. Sie wollen Rechte, keine Entschädigungen an deren Stelle. Da brauchen wir uns. Die Gleichheit, für die es vorher keinen zwingenden Grund gab, wird nun Voraussetzung. Es geht nicht mehr um das Wohlbefinden des Tages, es geht um die Korrektur von Lebensentwürfen. Vielleicht wird es nötig, daß wir weit voneinander wohnen, vielleicht wird uns das Gesetz zwingen, für die andere aufzukommen, wenn der tiefe Einschnitt ins Leben nun Werdegang oder Lebensabend unsicher machen. Das hat mit Gefühlen nichts zu tun? Es wird in unsere Gefühle einfließen. Schon jetzt wird mit neuen Zwängen das Vertrauen zueinander auf eine neue harte Probe gestellt.

Unwichtig, ob wir uns ausschließlich liebenswürdig waren, Mütter und Töchter. Wir werden uns mit dem Transparent in der Hand auf der Straße nebeneinander einzufinden haben. Es geht darum, Rechte zu erlangen, um mehr: den langen Weg aus vergangener scheinbarer Gleichberechtigung in die tatsächliche und lebbare zu gehen.

Ist das zu schaffen? Es braucht Ermutigung.

Aber wir haben unsere Töchter nicht mutig genug gemacht. Zu oft wäre es Wagemut gewesen und hätte den erstrebten Weg kosten können, aus einem nicht eben überbordenden Angebot den noch am ehesten gewünschten, mit weitem Abstand zu anderen.

Wir haben diese Konflikte sehr gefürchtet. Solche Furcht überträgt sich.

Als Generation ihrer Mütter haben wir es mit all unserm Weltlärm nicht geschafft, Verhältnisse durchzusetzen, die einen Rückfall ins neunzehnte Jahrhundert unmöglich machen. Inmitten von Frauen sitzend, höre ich Vokabeln, die ich kaum ertrage. Von »gewachsener Erwerbsneigung der Frauen« wird geredet, und die Frau aus dem Ministerium am Rhein versteht die Empörung nicht, sie redet weiter von »zunehmender Erwerbsbeteiligung der Frauen am Familieneinkommen«. Sprache ist Denken. Sie scheint nicht zu wissen, wie viele alleinerziehende Mütter es bei uns gibt. Sonst könnte sie nicht von der »Familienphase der Frauen« sprechen und vorausschauend von »späten Rückkehrerinnen ins Erwerbsleben«.

So hat das alles in unseren Köpfen nicht ausgesehen. Wir wollten Eigenes, für uns selber und für unsere Töchter. Einen Beruf, bei dem man nicht auf die Uhr schaut und in dem man gebraucht wird. Wir wollten die Liebe, eine, die bleibt, und Kinder dazu, die furchtlos neben uns aufwachsen sollten und in ihr eigenes Leben gehen, wenn die Zeit heran ist. Dann würden wir uns lösen, vielleicht aufregend neu entdecken.

Es ist alles anders geworden. Da müssen wir anders sein. An diesem Tag, mit so vielen arbeitslosen Frauen im Raum, kommt es nicht an auf meine Mütterlichkeit. Die Frauen sollen umlernen, noch einmal studieren. Dafür kriegen sie Geld. Viele werden das tun, wissend, daß sie schon jetzt für die meisten Arbeitsplätze überbildet sind und nach Beendigung der neuen Ausbildung nicht mehr im Alter einer dynamischen Arbeitskraft. »Die Vergangenheit ist unserer Barmherzigkeit ausgeliefert« heißt das Motto eines Buches von Cordelia Edvardson. Sie war die jüngste Tochter der Dichterin Elisabeth Langgässer. Die hat ihrer halbjüdischen Tochter eine mystisch verbrämte Willigkeit zum Sterben anerzogen und sie allein ins Konzentrationslager gehen lassen. Später, nachdem die Tochter überlebt hatte, wollte sie von ihr »Einzelheiten aus dem Lagerleben«, die sie literarisch zu verarbeiten gedachte.

Der Blick auf dieses mütterliche Verhalten kann nur unbarmherzig sein.

Aber die Barmherzigkeit zu üben, das wäre auch eine mütterliche Aufgabe gewesen, und wir hätten sie unseren Töchtern weitergeben müssen. Für die meisten von uns hat sie keine große Rolle gespielt, nicht in der Kindheit, nicht in der Zeit als Mutter. Welch ein hoher Anspruch, aber doch wahr: Mutter zu sein, das braucht die weibliche Natur und die Kultur der Menschen, der Frauen und der Männer. An dieser Wahrheit gemessen fühlen wir uns klein. Unser Zweifel, ob wir das geschafft haben, ist nur allzu berechtigt. Lassen wir ihn zu, gelangen wir in die Nähe der Wahrheit, die wir aushalten müssen. Nur durch sie können wir endlich die Mütterlichen von Töchterlichen sein und unsere verkrampfte Fixierung auf ein von uns geborenes Wesen aufgeben.

Als Mutter und als Tochter ist uns die andere ein Vexierbild. Manchmal erzählen wir herrliche Geschichten von ihr, und manchmal ist uns nur bitter.

Beides ist die ganze Wahrheit. Die Jüngeren haben Kraft, die uns zu fehlen beginnt, uns ist solche gewachsen, die sie noch nicht haben können. Die Kraft der Güte, die nicht in uns angelegt ist. Wir müssen sie erwerben.

Lange Erfahrung des Lebens läßt uns erkennen, daß alles Erinnern ohne Barmherzigkeit unerträglich wird.

Jede tragische Geschichte der Weltliteratur erzählt immer auch von mütterlichem Versagen.

Für ein neues tragisches Kapitel der Geschichte von Frauen braucht es nur noch unsere Ergebung. Es war so, wird immer so sein, es ist halt unser Schicksal.

Wir können aber Einspruch erheben gegen das, was im Gefolge großer Ereignisse auf uns zu fallen droht. Wir müssen unsere Geschichte annehmen, sonst können wir nicht frei werden und Geschichte machen. Es hält uns auf und steht uns im Weg, wenn wir einander nur auf die Tochter und die Mutter reduzieren.

In einem frühen Gedicht habe ich geschrieben:

> nachts gehn durch mein zimmer
> die schritte meiner mutter
> unaufhaltsam geht sie
> fegt mir den schreibtisch leer
> deckt mich auf macht mich häßlich
> lockt mich in die verzagtheit ...
> ich komme um vor vergeblichkeit ...

Ich habe mir in den Versen sogar die Großbuchstaben versagt, mich also bei der Klage gegen Geducktsein wieder geduckt.

Ein solches Gedicht würde ich heute nicht mehr schreiben. Ich empfinde nicht mehr so. Es war auch nur eine Seite der Wahrheit. Man kann auch diese annehmen und sich ihr zeitweise hingeben, aber man muß dann auch die andere zulassen. Es reicht nicht, der Mutter das eigene Leben vorzuhalten. Da sieh, was du daraus gemacht hast, da sieh, wie wenig ich machen konnte, weil du so warst, wie du warst, weil ich durch dich nun so geworden bin.

Ich nehme das von mir selber nicht mehr hin. Wir müssen mit der Mutter und der Tochter ins Reine kommen, mit der gedachten und der wirklichen. Es ist mein Leben. Auf mich kommt es an. Wenn ich abgelehnt worden bin, muß ich gegen Ablehnung sein. Wenn ich mich in der eigenen Kindheit als Fremde gefühlt habe, so will ich nun Fremdheit nicht mehr zulassen. Ganz allein, ohne die Hand der Mutter, will ich noch einmal durch den unerkannten Raum gehen, nach Bedürfnis stehenbleiben, oder ungeduldig eilen, ich will in ihm mich sehen und meine Mutter, wie sie gewesen sein könnte.

Die Narben werden bleiben. Die ich habe, die ich zufügte. Und was ich auch versuche, noch immer taumle, stürze, träume ich zurück, um mir Versagtes doch noch zu holen, Unterlassenes zu tun. Es unterläuft mir gegen meine Einsicht.

Auch Haß ist möglich zwischen Mutter und Tochter. Wenn alle Worte versagen und die äußerste Wehrlosigkeit den eigenen Lebenstrieb aufstachelt.

Aber uns soll wachsen die atemlos machende Fähigkeit, zu verstehen. Unersetzbar sind wir nur, wenn wir uns nicht dafür halten.

Gisela Steineckert
Das Schöne an den Frauen
224 Seiten, broschiert
ISBN 978-3-355-01754-1 | 12,90 €

Das Schöne an den Frauen ist, wie sie mit dem Groschen knausern und mit dem Herzen verschwenden. In der Arbeit kommen sie schnell auf den Punkt, in ihren Irrtümern ewig nicht. Frauen sind alles ganz und gar, oder gar nichts. Auch das ist das Schöne an ihnen. Sie sind die Knospe, das Früchtchen, die Begehrliche, die mit der verruchten Phantasie, gleichwohl vom Einzigen träumend. Frauen können nicht ohne Liebe leben und versuchen tapfer, es manchmal selbst zu glauben.

www.neues-leben.de

ISBN 978-3-355-01806-7

Umschlaggestaltung: Verlag
Druck und Bindung: Finidr

Ein Verlagsverzeichnis schicken wir Ihnen gern:
Neues Leben Verlagsgesellschaft mbH & Co. KG
Neue Grünstr. 18, 10179 Berlin
Tel. 01805/30 99 99
(0,14 €/Min., Mobil max. 0,42 €/Min.)

Die Bücher des Verlags Neues Leben erscheinen
in der Eulenspiegel Verlagsgruppe.

www.verlag-neues-leben.de